시간은 없고,
잘하고는 싶고

시간은 없고,
잘하고는 싶고

10년 차 서점인의 일상 균형 에세이

김성광 지음

푸른숲

매일 매일 조각 시간을
수집하며

　나는 서점에서 일한다. 예쁜 조명, 분위기 있는 서가, 당신의 손길을 기다리며 조용히 누워 있는 책들은 여기에 없다. 마음을 들뜨게 만드는 책 향기도 이곳에선 기대할 수 없다. 잿빛 파티션들이 공간을 단조롭게 나누고, 삐뚤빼뚤 책더미들이 여기저기 불규칙하게 쌓여 있을 뿐이다. 사람들은 아침 8시에 우르르 들어오고, 저녁 6시면 우르르 나간다. 그중에서 손님이라곤 단 한 사람도 없다. 나는 온라인 서점에서 일한다.

　온라인 서점은 편리하다. 버스나 지하철을 타고 나와 책을 사지 않아도 된다. 앉은 자리에서 검색하고 결제하면 끝이다. 주문하면 대개는 당일이나 다음 날 도착. 책을 사는 데 필요한 시간이 대폭 줄었다.

독자들이 시간을 아낀 만큼 다른 사람들이 그 시간을 채운다. 온라인 서점의 물류센터에서는 수많은 사람들이 책을 찾고 포장해서 택배사로 넘긴다. '당일 도착' 약속을 지키기 위해 밤낮으로 바쁘다. 택배 기사님들의 노고 역시 말할 것도 없다. 그리고 독자들이 편리하도록 돕는 일의 말단에 나의 일도 자리하고 있다.

온라인 서점은 가급적 존재하는 모든 책을 판매하길 원한다. 독자들이 검색 창에 제목을 입력했을 때 "검색 결과가 없습니다"라는 문구가 나타나지 않길 바란다. 원하는 책을 구하지 못하는 일이 거듭되면 독자들이 다시 찾아올 이유가 없다. 그래서 온라인 서점은 출간되는 모든 책의 정보를 등록하려 애쓴다. 특수한 사정에 따라 당장은 검색되지 않지만, 서점 서버에는 버젓하게 등록된 책도 꽤 있다. 사정이 허락되기만 하면 언제든 검색 가능 상태로 바꿔놓으려고 온라인 서점은 지금 판매할 수 없는 책들도 등록한다.

입사해서 처음 맡은 일도 바로 도서 데이터베이스를 등록하는 일이었다. 하루 종일 책 제목과 지은이, 출판사와 가격, 표지 이미지와 소개글 등을 입력했다. 온라인 서점에선 검색한 번으로 '내가 찾는 책'을 바로 찾을 수 있고, 어떤 책이든다 구할 수 있다는 독자의 믿음을 얻기 위해서였다.

　독자가 찾는 책을 당일 혹은 다음 날 배송하려면 재고를 미리 갖추어야 한다. 그런데 검색이 된다고 서점에 재고가 꼭 있는 건 아니다. 독자들이 자주 찾는 책은 많이 가지고 있지만, 독자들이 잘 찾지 않는 책은 재고를 보유하지 않는다. 온라인 서점은 독자들의 구매 빈도에 따라 어느 정도의 재고를 보유해야 하는지 산정하는 알고리즘을 가지고 있다. 그리고 서점 MD들은 이 알고리즘의 도움을 받아서 적절한 부수를 매일 출판사에 발주한다. 필요 재고 수량을 잘 예상해 발주하고, 해당 도서가 제대로 입고되는지 확인하는 일이 서점 MD의 가장 기본적인 일이다. 내가 출근하자마자 하는 일도, 가장 오래 해온 일도 이것이다.

　이런 일들을 모두가 충실히 수행했기 때문인지 온라인 서점의 독자들은 사이트에 오래 머물지 않는다. 대부분의 독자들은 검색, 선택, 결제 수순으로 짧게 사이트를 이용하고 빠져나간다. 신중히 고른 책을 메인 페이지에 소개하고, 각종 굿즈(사은품)를 활용한 이벤트도 하고, 작가와의 만남도 연중상시로 진행하며, 책에 관한 칼럼과 기사도 매일 새로 올리지만 구매할 책만 주문하고 나가는 독자들의 비중이 훨씬 높다. 독자들에게 무얼 더 권할 새가 없다.

　편리한 서점. 머물지 않는 독자. 긍정의 뉘앙스와 부정의 뉘앙스를 각각 지닌 이 말들이 내겐 동의어로 느껴졌다. 책을 편리하게 살 수 있으니 오래 머물 필요가 없었다. 하지만 내게 서점이란 책 한 권을 사서 나가는 곳일 뿐 아니라, 오래 살펴보며 새로운 책을 발견하고 마침내 어떤 세계로 들어서는 곳이었다. 출구를 찾아 나가려다가도 자꾸 새로운 입구로 들어서게 되는 곳이었다.

도서 데이터베이스를 등록하고 발주와 입고를 챙기던 어느 날, 새삼스레 내 일의 의미를 묻게 되었다. 독자를 더 편리하게 하는 일은 분명 답이 아니었다(내 눈에 서점은 이미 충분히 편리해 보였다). 그렇다고 불편하게 만들어서도 안 된다. 그러면 독자들이 머물지 않는 게 아니라, 아예 입장도 하지 않을 터였다.

괜찮은 서점원이 되고 싶다

서점은 출판사와 독자 사이에서 책을 중개하는 곳이다. 온라인 서점 MD는 책이 독자 손에 쥐여지는 전 과정에 관여한다. 나는 '물건'으로서의 책만 배송하는 것이 아니라 무게와 부피를 계량할 수 없는 '제안'을 함께 보내고 싶었다. 책 한 권에 담을 수 있는 생각에는 물리적인 한계가 있으니 한 권의 책은 다른 책으로 이어질 때 더 빛을 발한다고, 중요한 것은 책이 아니라 '책들'이라고 나는 믿는다. 책과 책을 이어주는 '제안'을 내 일의 의미로 삼고 싶었다. 독자들이 편리만이 아니라 MD만의 독자적인 제안들을 만나기 위해 온라인 서점에 접속하길 바랐다.

모든 책은 다른 책을 통해 확장되고 깊어지고 반박될 수 있다. 한 권의 책만으로도 굉장한 만족감을 얻을 수 있지만 다음 책으로 맞춤하게 이어질 때 독서는 새로운 차원의 경험을 선사한다.

나의 경우, 《표백》이나 《한국이 싫어서》를 읽으면서 기성 세대가 만들어놓은 세상에 불신을 표하다가도, 《오베라는 남자》나 《딸에 대하여》를 읽으면서 나름으로 허우적대고 있는 앞 세대의 마음도 어림해보게 되었다. 《나의 문화유산답사기》를 읽다가 특히 사찰 부분에 꽂혔는데 '이지누의 폐사지 답사기' 시리즈를 만나서 더 만족스런 정취를 누릴 수 있었다. 《사람, 장소, 환대》를 읽고 공동체가 구성원을 환대하고 환대하지 않는 문제에 관심이 생긴 후, 《실격당한 자들을 위한 변론》, 《낙인찍힌 몸》을 통해 몸을 둘러싼 편견과 차별에 관한 문제로 시야를 넓혀볼 수 있었다. 《무리하지 않는 선에서》나 《하마터면 열심히 살 뻔했다》를 읽을 때는 '내려놓을 줄 아는 삶'에 깊이 공감했다가도 《골든아워》를 읽을 땐 그럼

에도 누군가는 '인생을 바쳐 무언가에 헌신하는 삶'을 살아가
야 한다는 사실에 고개가 끄덕여졌다. 한 권의 책도 만족스럽
지만, 책이 책으로 연결될 때 나는 생각이 조금 더 두터워진
다는 느낌을 받았다.

독자들에게 책을 잘 소개하고, 책과 책을 연결하는 일을 잘
하려면 많은 책을 알아야 했다. 많은 책을 알 수 있는 방법은
단 하나였다. 많은 책을 읽어야 했다.

서점원이라고 해도 업무 시간에 책을 읽긴 힘들다. 출판사로
부터 신간을 전달받을 때, 귀로 설명을 들으며 눈으로 잠시 훑
어보는 정도다. 주요 코너에 소개할 책을 고르면서 책을 들춰
보지만 말 그대로 '들춰보는' 수준이다. '하루에 몇 분 정도는
책을 읽는다'고 말하기 힘들다. 전혀 읽지 못한 날도 상당하다.

일은 충분히 많았고 늘 시간에 쫓겼다. 읽을 책이 너무나
많은 반면 시간은 크게 모자랐다. 다행히 야근 압박은 받지
않기에 일찍 퇴근해서 항상 책을 읽었다. 주말에도 혼자 있는
시간엔 늘 책을 읽었다. 나 자신에게만은 괜찮은 서점원이 되
고 싶었다.

아이가 태어났다. 책을 덜 읽어야 했다

결혼을 했고 아이도 태어났다. 아이는 모유도 분유

도 이유식도 가리지 않고 잘 먹었지만, 무엇보다 부모의 시간을 먹고 자랐다.

아이는 한 시간 반마다 깼고, 아이가 깨면 부모도 깨야 했다. 낮이나 밤이나 한 시간 반 간격이었다. 수시로 기저귀를 갈고 분유를 먹이고 트림을 시키고 다시 안아서 재웠다. 아이와 눈을 맞추고 교감하는 시간도 충분히 필요했다. 돌보는 기술이 따로 있는 게 아니라, 내 시간을 온전히 들이는 일이 바로 기술이었다.

아이가 쉽게 잠들지 못하는 날엔 한 시간씩 노래를 불러주었다. 아이를 안고 캄캄한 거실을 천천히 돌며 "반짝 반짝 작은별 아름답게 빛나네~", "넓은 세상 볼 줄 알고 작은 풀잎 사랑하는~", "엄마가 섬 그늘에~" 노래를 낮은 목소리로 불러주면 울던 아이가 어느새 새근새근 잠들었다. 잠든 아이 얼굴을 그윽하게 바라보며(정말 잠든 거 맞아? 확인하며), 슬로 모션으로 거의 십여 초에 걸쳐 조심조심 내려놓지만, 등이 바닥에 닿자마자 아이는 곧장 다시 울곤 했다. 노래는 다시 이어져야 했고, 허리는 아파야만 했으며, 잠은 헌납되어야 했다.

아이가 태어나자 집안일도 대폭 늘어났다. 수시로 젖병을 씻고 소독했고, 손수건과 옷도 자주 빨았다. 아이와 연관되지 않은 일을 할 시간은 거의 없었다. 시간이 있을 때는 잠을 자뒤야 했다. 필수적인 예방접종도 정말 많아서 주말에는 병원을 오가며 보내는 시간도 꽤 많았다.

그래도 좋았다. 늘 피곤하고 여유가 없었지만 아이가 곁에 있다는 건 참 좋았다. 품속으로 파고드는 아이의 감촉, 슬며시 밀려오는 아기 냄새가 좋았고, 젖병을 빨아 분유를 목으로 넘길 때 미세하게 오물거리는 모습이 사랑스러웠다. 내가 아이를 좋아하는 사람이라는 걸 아이를 낳고서야 명징하게 알았다.

이제 나는 회사를 오가는 하루 두 시간만 내 시간으로 이용할 수 있었다. 당연히 책을 읽었다. 하지만 두 시간으로는 예전처럼 하루나 이틀에 책 한 권 읽는 일이 불가능했다. 카페나 집에서 읽는 두 시간과 지하철에서 읽는 두 시간의 효율 차이도 컸다. 이마저도 평일에만 가능했다. 읽어야 할 책은 전과 같은 속도로 쌓이는데 도저히 나는 전처럼 읽어낼 수가 없었다. 읽고 싶은 책들의 목록에서 두꺼운 책들은 훗날로 미뤘다. 얇고 여백이 많은 책들만 골라 읽기 시작했다. 책의 두께와 가치가 꼭 비례하는 것은 아니라서 독서가 만족스럽기도 했지만, 어딘가 자주 허전했다. 여전히 매일 책을 읽었지만, 마음은 늘 읽지 못하는 책에 가 있었다.

변화가 필요했다. 그런데 변화는 불가능했다. 직장인에게 회사의 근무시간은, 부모에게 아이를 돌보는 시간은, 어기거나 피해 갈 수 없는 것이었다. 내 일상의 시간 구조는 무너뜨릴 수 없었다. 나는 책을 덜 읽어야만 하는 현실을 받아들여야 했고 이미 뜸하게 만나던 친구들은 더 뜸하게 만났으며 지금 어떤 영화가 상영 중인지도 알지 못하게 되었다. 책은 쌓여만 가고 생활 반경은 현저히 좁아졌다. 그 와중에도 아이는 쑥쑥 자랐다.

매일 허덕이면서도 잘하고 싶은 일은 많다

다행히 아이가 자라면서 새로운 가능성이 열렸다. 백일이 지나자 아이는 잠을 더 길게 잤고, 아내와 나도 밤에 깨는 횟수가 줄었다. 돌 무렵엔 아이 돌보는 데 들이는 시간이 꽤 줄었다. 아이를 낳기 전과는 비교조차 할 수 없이 짧았지만, 조금씩 틈새 시간들이 생기기 시작했다. 한 사람이 아이를 돌보고 한 사람은 혼자만의 시간을 누리는 식으로 아내와 조율하니 가끔 꽤 큼직한 시간도 생겨났다.

이 시간을 어떻게 활용하면 좋을지 생각했다. 낮잠을 잘 수도, 교외로 드라이브를 갈 수도, 혼자 영화를 보거나 친구를 만나러 갈 수도 있지만 일순위는 책을 읽는 일이었다. 하지만 시간이 조금 생겼다고 예전처럼 책을 읽을 수 있는 건 아니었다. 전에는 한 주에 출퇴근 시간을 빼고도 여유 시간이 20~25시간 있었지만 지금은 출퇴근 시간을 포함해도 12~13시간 정도가 최대치였다. 계획이 달라져야 했다. 독서량은 당연히 반 토막이 나야 했다. 나는 반 토막을 다시 반으로 쪼갰다. 다른 일에도 시간을 내주어야 했기 때문이다.

스스로를 보듬고, 가족의 관계와 부모의 책임에 대해 고민하고, 회사에서 내가 하는 일이 미치는 영향을 두루 염두에 두며, 시민으로서 관심 가져야 할 일들에 대해 생각하고 싶었다. 나는 아빠, 남편, 친구, 자식, 서점원, 시민 그리고 나 개인이라는 여러 정체성을 가지고 있고, 각각의 정체성에는 그에 따른 책임과 역할이 있을 터였다. 그 모든 책임과 역할들이 무엇인지 구체적으로 묻고, 나의 언어로 세심히 답하고, 내놓은 답에 부응하는 삶을 꾸려나가길 원했다. 일상의 관성에 올라탄 채 그동안 너무 나 자신을 되돌아보지 못한 것 같았다. 부모라는 자리에 서게 되고 마침 서점원 경력도 10년에 이르면서 앞으로 내가 어떻게 살아야 하는지를 생각해보고 싶었다.

생각할 시간이 아주 많이 필요했다. 책 읽는 시간을 반의 반 토막으로 줄였어도 감당할 수 없을 만큼 큰 물음이니까. 밥 먹는 시간을 최소화하고, 아이가 잠든 새벽에 집을 나가 시간을 만들기도 했다. 한 시간 단위로 계획을 세우던 내가

10분, 20분 단위로 시간을 확인하며 일정표에 할 일을 채워 넣었다. 그래도 나 자신에게 던진 물음에 하나하나 답하기엔 시간이 태부족했다. 카페에 홀로 앉아 특별할 것 없는 생각들을 노트에 써보는 정도였다.

그런데, 고작 이것만으로도 기뻤다. 내 역할을 돌아보고, 내가 어떻게 살아야 하는지를 생각하니 절로 기분이 좋아졌다. 오랜만에 스스로 성장하는 느낌이었을까. 시간에 쫓기는데도, 현실의 나는 제자리를 맴돌고 있을 뿐인데도, 내 마음은 어딘가 들떴다. 몸은 피곤했지만, 생각은 오랜 잠에서 깨어난 듯 가뿐하고 명료했다.

기분이 좋은 것에서 멈출 수는 없었다. 육아와 일을 비롯해 내 삶의 영역에서 내가 지녀야 할 원칙과 태도를 본격적으로 세워야 했다. 기분이 나아져야 하는 게 아니라 삶이 나아가야 했다. 역시나 관건은 시간이 부족하다는 현실이었다. 책을 읽고 생각할 시간이 필요했다. 아이의 곁을 오래 지키며 이야기 나누고 싶은 마음, '벽돌책' 한 권 진득하게 껴안은 채 탐닉하고 해부하고픈 마음, 이 두 가지를 결코 동시에 이룰 수 없는 현실이 슬펐다. 매일 시간이 없다는 생각을 했다.

이런 생각과 마음을 페이스북에 일기로 써나갔다. 부모이자 서점원으로서 생각하고 싶은 것들과 생각할 여유가 없는 날들의 풍경을 썼다. 매일 쓰지는 못했으니 아주 간헐적인 일기였다. 진득하게 생각할 여유가 없으니 순간적으로 떠오른 생각들이라도 붙잡아두려는 노력이었고, 답답한 마음을 털어내는 행위였다. 간헐적이고 순간적인 것들이라도 오래 쌓으면 나를 어디론가 나아가게 해주지 않을까 막연히 바랐다. 그 일기들이 〈채널예스〉 '아이가 잠든 새벽에'와 '솔직히 말해서' 코너에 칼럼으로 연재되었고, 칼럼들은 다시 이 책으로 이어졌다.

이 책은 시간에 허덕이지만 잘하고 싶은 일은 많은 한 사람의 이야기다. 생각만 많고 삶은 대단할 것 없는 존재의 기록일 수도 있다. 하지만 내 나름의 최선을 계속 이어간다면, 작은 시간을 그러모아 오래 품고 다듬은 생각들이 서서히 삶에 뿌리를 내린다면, 조금은 더 괜찮은 사람이 될 수 있지 않을까. 그런 믿음으로 매일, 할 수 있는 만큼, 조금씩 조금씩 읽고 써왔다. 매일 매일의 아쉬움을, 자주 허덕이는 마음을, 조각 시간을 모으는 일이 가치 있다는 믿음을 시간이 부족한 많은 사람들과 나눠보고 싶다.

2020년 봄

김성광

차례

1

자고 싶지만 자고 싶지 않은 밤들

밤이 닫히면

다른 시간을 열고

점심에는 '혼밥'을 한다. 온갖 빌딩에서 우르르 쏟아져 나온 사람들이 식당마다 가득 들어차는 여의도의 점심. 나는 그 대열에 끼지 않고 책을 본다. 일하던 그대로 자리에 앉아 읽기도 하고, 날이 좋으면 공원으로 가서 읽기도 한다. 식사를 끝낸 사람들이 카페로 다 넘어갔을 즈음에야 몸을 일으켜 식당으로 간다. 자리도 많고 일하는 분들도 여유를 되찾는 시간대다. 국물은 넉넉하고 반찬 인심도 후하다. 붐비는 시간에 2인용이나 4인용 식탁을 혼자 차지해서 눈총 받을 필요 없다. 짧게나마 내 시간을 가지고, 밥도 쫓기듯 먹지 않으니 좋다.

처음엔 쉽지 않았다. 카페는 혼자 잘 가면서도 식당 문을 혼자 밀고 들어가는 일은 망설여졌다. 혼밥을 하기로 결심하고서도 김밥이나 편의점 샌드위치를 사와 며칠을 먹었다. 이런 식단에 잔뜩 물리고 나서야 근처 콩나물국밥집으로 향했다. 나는 어색하게 쭈뼛대며 자리에 앉았지만 사장님은 혼자온 손님이 대수롭지 않은 듯 익숙하게 한 사람 분의 밑반찬을 내주었다. 그 평온한 움직임에 어색함이 사라졌다. 맑은 육수에 콩나물과 오징어가 잔뜩 들어간 전주식 콩나물국밥. 뜨끈해서 시원한 국물을 들이켜자 만족감이 차올랐다. 그날 이후, 식당 문을 여는 일에 망설임은 없었다. 한 번 넘어본 문턱은 문턱이 아니었다. 그러고도 한동안은 콩나물국밥집만 가긴 했지만. 그래도 지금은 2주 정도는 매일 바꿔가며 갈 혼밥집 리스트가 있다.

점심시간은 오전 11시 45분부터 오후 1시까지다. 식당으로 가는 시간 5분, 음식 기다리는 시간 10분, 먹는 시간 15분을 할당해 놓고 뒤쪽 30분을 비워두는데 이게 내 점심시간의 기본 골격이다. 나는 회사에서, 적어도 45분은 매일 행복하다.

이렇게 시간을 만들고 처음 읽은 책은 홍승은의《당신이 계속 불편하면 좋겠습니다》였다. 이십 대 여성의 구체적인 경험을 통해 삼십 대 남성인 내가 모르는 세상을 읽었다. 같은 사회에 소속된 사람들이 각자 다른 온도로 사회를 감각한다는 사실을 새삼 실감하면서, 자연스레 스스로를 돌아보게 되었다.

밀려오는 일을 해치우던 와중에 스스로를 돌아보는 잠깐의 시간, 고요한 사무실에서 나 자신을 생각하는 일은 거대한 일 뭉치에 착 달라붙은 나를 떼어내는 일 같았다. 삶이 일의 속도를 따라가야 할 때, 우리는 마땅히 챙겨야 할 것들을 미처 살필 여유를 갖지 못한다. 나는 이 잠깐의 시간에 그 여유를 가지기로 마음먹었다. 이따금 울려대는 (아마도 거래처에서 걸려온) 전화벨 소리가 세상 저편의 소리처럼 멀리 느껴졌다.

봄과 가을에는 책을 들고 공원으로 나섰다. 공원으로 가는 날은 책 읽을 시간이 줄어든다. 오가는 시간이 더 드니까 당연하다. 그래도 잠시 파란 하늘을 올려다보고 숲의 공기를 마시면 깨끗한 피가 돌며 하루가 다시 시작되는 기분이 들었다. 공원에서는 주로 고요하고 담백한 소설, 숲이나 나무에 관한 책, 문명 세계에서 조금 거리를 두는 책들을 읽었다. 벤치에 앉아 그런 책을 읽을 때 이따금 거미가 떨어져 문자들을 가로질렀고, 낙엽이 어깨나 무릎으로 떨어져 바스락거렸다. 내가 놓인 풍경과 책 속의 풍경이 일체감을 이룰 때, 마음은 더 고양되었다. 풀벌레 소리와 새 소리와 햇살의 빛깔에 관심을 기울이다 보면 정작 책은 더디게 읽혔지만 무언가 더 많은 것을 얻은 기분이었다.

비가 많이 오는 날도 좋았다. 기다란 빗줄기가 일거에 쏴아 쏟아지는 소리를 나는 좋아한다. 그런 비가 내리는 날엔 오히려 세상이 조용하다. 빗소리에 다른 소리가 모두 묻혀서 책이 깨끗하게 마음속으로 들어온다. 그 상태가 너무 만족스러워서, 나라는 사람이 아름다워진 것 같다 느끼기도 한다. 비 오는 날에는 회사 1층의 통유리창이 있는 카페 창가에서 책을 읽었다. 윌리엄 트레버의 《비 온 뒤》, 마쓰이에 마사시의 《우아한지 어떤지 모르는》을 읽은 날이 특히 생각난다. 정갈한 소설도 창을 두드리는 빗소리도 좋아서 여운이 유난히 길게 남았다.

겨우 한 시간 남짓한 시간을 쪼개서 쓰는 일은 사실 인간의 리듬에 그다지 적합하지 않은 것 같다. 한창 몰입될 때쯤 책을 덮어야 하고, 한창 상쾌할 즈음에 숲에서 몸을 일으켜야 한다. 시간을 자꾸 확인하는 일도 다소 피곤하다. 하지만 좋은 순간을 짧게나마 누리는 일은 생각보다 큰 힘이 됐다. 혼밥은 점차 자리를 잡아갔다.

혼밥을 시작한 이유는 시간을 만들기 위해서였다. 아이가 태어나면서 내가 소중하게 여기던 시간 중 많은 부분이 사라졌다. 아내와 대화를 나눌 시간, 책을 읽고 잠시 몽상에 빠질 시간, 멍하니 넋을 놓을 시간이 절실했다.

아이가 태어나기 전부터 밤은 아내와 나란히 누워 대화하는 시간이었다. 오늘 하루 겪은 일과 서로의 눈에 비치는 서로의 모습에 대해 오래도록 함께 이야기했다. 세상의 떠들썩한 화제에 대해 우리는 어떤 판단을 내려야 할지를 두고 생각을 교환했다. 각자 책 속으로 빠지기도 했다. 한 사람의 하품이 잦아질 때까지 책을 읽다 불을 껐다. 며칠 뒤엔 머리맡의 책을 서로 바꿔서 읽었다. 어느 날은 아직 먼 여행을 계획하기도 했다. 바다 건너 말 안 통하는 도시의 길을 익히다 보면 그 도시에 내려앉은 밤과 밤이 걷힌 새벽의 이미지가 때로 꿈이 되었다.

100일의 기적이 지나고 조금씩 수월해지던 육아는 아이가 6개월 정도 되자 꽤 안정되었다. 아이를 돌보는 일이 점차 몸에 익었고, 아이는 일찍 밤잠에 들었으며, 밤에 깨는 횟수가 두세 번 정도로 줄었기 때문이다. 이런 변화는 아내와 내게 시간을 일부나마 돌려주었다. 아내와 내가 하루 일과 중 각별하게 생각하던 시간이 돌아왔다. 아이가 고구마 미음을 얼마나 좋아했는지, 똥은 몇 번을 싸고 색깔은 어땠는지, 오늘은 한 번에 어디까지 기어갔는지, 오늘 아이가 어떤 새로운 말을 했는지 이야기 나누며 웃다 잠들었다. 책도 다시 펼칠 수 있었다.

그런데 아이가 더 자라서 돌에 가까워지자 다시 밤은 사라지기 시작했다. 육아가 보다 수월해지긴 했으나 육아의 성격이 달라졌다. 아이가 엄마 아빠와의 상호작용을 요구하는 국면으로 접어든 것이다. 같이 노는 시간이 길어졌다. 책을 읽어주거나, 두 손을 잡고 함께 걸음마를 해보거나, 까꿍놀이를 하며 깔깔깔 한참을 웃다 잠들었다. 잠드는 시간은 점점 늦어졌고, 아이를 재우고 나면 나도 바로 곯아떨어졌다. 앞으로 우리의 생활은 아내와 나의 계획이 아닌 육아의 국면에 따라 달라질 것임을 예감했다. 우리의 밤은 이제 다른 종류의 행복이 차지했다.

세 식구가 나란히 누워 속삭일 때의 친밀감은 믿을 수 없을 정도로 특별하지만, 먼저 자리 잡고 있던 행복과 공존하기엔 시간이 부족했다. 그렇다고 우리가 누리던 행복을 그저 과거의 것으로 만들고 싶진 않았다. 아이가 너무나 사랑스럽고, 육아가 우리 생활의 중요한 일부임을 수긍하더라도, 그게 우리 행복의 전부는 아니라고 믿었다. 일상을 조정해 각자의 시간을 만들어야 했다.

혼밥은 그래서 시작했다. 누군가와 함께 식사를 하면 밥만 딱 먹고 일어나게 되질 않았다. 대화를 나누다 보면 길어지게 마련이었다. 그런 일들이 불편하거나 무의미하다고 느끼는 건 결코 아니었지만, 혼자 먹을 때 누릴 수 있을 시간이 점차 절실해졌다. 집에서는 아내와 서로 개인 시간을 만들어주기 시작했다. 한 사람이 아이와 놀아주고 재우는 동안 한 사람은 카페로 나갔다. 주말에도 번갈아가며 각자의 시간을 누렸다.

먼 미래의 무엇을 위해 근면하고 싶진 않다. 다만 아이를 기르는 동안에도 나 자신을 보듬고 성숙한 인간으로 나아가는 일에 소홀하고 싶진 않다. 짧은 시간들이라도 최대한 이어 붙여 바지런하게 활용하고 싶다.

시내버스 기사인 허혁은 《나는 그냥 버스기사입니다》를 하루 열여덟 시간 운전하며 썼다. 시간이 없어 "부리나케 써놓고 생활 속에서 퇴고했다" 한다. '부리나케' 보내는 시간을 쌓아서 나도 앞으로 나아가고 싶다. 아이에게 아빠는 너로 인해 자랐지만 스스로의 힘으로도 자랐다고 언젠가 말해줄 수 있길 소망한다.

칼퇴주의자도
일을
좋아한다

나는 꽤 강경한 칼퇴주의자다. 내 인생은 일 바깥에도 있기 때문이다. 일에 지나치게 몰입하면 일 바깥의 삶이 허술해진다. 회사 일에 지나치게 책임을 느끼면 회사 바깥의 일에 무책임해진다. 시간의 유한함을 생각해보면 이건 자연법칙이다.

칼퇴를 해도 아이와는 저녁 7시에야 만난다. 퇴근이 더 늦으면 부모로서 아이와 관계 맺는 일, 가족의 구성원으로서 내 몫의 집안일을 하는 일, 그리고 내게 필요한 휴식을 누리는 일에 시간을 할애할 수 없다. 상황에 따라 유연할 필요는 있겠지만 기본적으로 일 바깥의 삶에도 충분한 시간을 배려하려 한다. 그런 의미에서 나는 주 52시간 근무제 도입을 적극 환영했다.

동시에 주 52시간 근무제로는 결코 해결되지 않는 문제, 혹

주 40시간 근무제가 되더라도 남겨질 문제에 대해서도 생각한다. 일 바깥의 삶을 구하기 위해 일과 삶을 구분하는 것은 옳지만, 나는 일에서도 희열을 느끼고 싶고 내가 하는 일을 더 의미 있게 잘하고 싶다. 그런데 일에 몰입하고, 일을 더 잘하기 위해서는 일에 충분한 시간을 쏟아야 한다. 솔직히 말해서 칼퇴라는 원칙을 지키면서 원하는 만큼 일에 매진하기가 쉽지 않다. 회사에서 일하는 시간은 하루 중 어떤 일을 할 때보다도 많은 시간을 차지하지만 그 시간만으로 내 일에 보람을 느끼긴 쉽지 않다.

　출근은 8시까지다. 대부분의 직원들이 7시 50분에서 8시 사이에 회사에 온다. 여러 사람이 몰려서 들어오니 어수선할 법하지만 전혀 그렇지 않다. 자리에 앉자마자 모두가 맹렬하게 모니터를 바라보고 잽싸게 손을 놀린다. 8시 30분이면 각 출판사로 주문서가 발송된다. 하루에 발주하는 도서가 몇 만 종에 이르고 부수로는 아무리 적은 날도 10만 부를 훌쩍 넘는다. 그걸 30분 만에 확인해서 발주 수량을 확정해야 한다. 발주서가 조금 늦어지면 슬슬 전화가 불을 뿜기 시작하고, 각 출판사 창고와 서점 물류센터의 하루 일정에도 차질이 생긴다. 담당 분야별로 발주를 하고 자동 알고리즘의 도움을 받지만, 집중력을 끌어 올려야 30분 안에 겨우 마무리할 수 있다.

그러니 발주 시간엔 여간해선 서로에게 말을 걸지 않는다. 온라인 서점의 아침은 이렇게 시작된다.

매일 이 정도의 책을 발주하면 입고되지 않는 책도 많다. 품절된 책도 있고, 이메일 등의 오류로 발주서가 누락되는 등 여러 사정들도 생긴다. 발주 업무가 끝나면 미입고된 책들을 챙긴다. 출판사로 전화를 해 왜 책이 들어오지 않았는지 파악하고 오늘은 꼭 보내달라 부탁한다. 앞뒤 좌우를 둘러보면 모두가 전화를 붙잡고 있다. 이런 일을 매일 오전에 하지 않으면 고객들의 불평이 눈덩이처럼 불어나 고객센터에서 감당하기 어려워질 것이다.

여기에 더해 오늘 책을 보내지 못한다는 전화와 책을 좀 더 주문해달라는 전화, 오늘 오후에 방문하겠다는 전화가 밀려온다. 주목하고 있는 책들의 판매 흐름을 점검하고, 웹사이트의 담당 분야 책들을 교체하고, 이곳저곳에 사용할 소개글을 쓰려는 와중에 전화를 받다 보면 한 번에 10분 이상 집중할 여유가 없다. 오전은 전화에 시달리다 끝난다.

그렇다고 오후가 더 여유 있는 것도 아니다. 오후에는 두 시간가량 여러 출판사 담당자들과 미팅을 한다. 신간을 소개받고, 출판사가 어떤 마케팅을 계획하는지 듣고 우리 서점과는 어떤 일을 함께 할지 상의한다. 나의 경우 하루에 평균 10여 곳의 출판인을 만나곤 했는데 그렇게 사람들을 만나다 보면 진이 빠진다. 진이 빠진 채로 자리에 돌아와 이벤트나 굿즈를 기획하거나, 오전에 못 다한 일을 한다. 그날 전달받은 책을 검토할 수 있는 날은 가뭄에 콩 나듯 드물다. 업무 시간 대부분이 그날 꼭 해야 하는 일들 위주로 촘촘하게 채워졌다. 무슨 일을 어떤 속도로 할지는 내가 결정할 수 없었다.

정신없이 일하다 퇴근 시간을 맞았다. 내 일을 돌아보며 점검하거나 새로운 기획을 섬세하게 준비할 시간이 거의 없었다. 일을 통해 성장한다는 느낌을 받기 힘들었다. 재고를 관리하고, 품절 도서를 확인하고, 고객 주문을 상담하고, 신간을 소개받는 등 판에 박힌 일에 치일 때는 늘 얼굴에서 표정이 지워져 있었다. 오래 만나 친해진 출판사 담당자들은 때로 언짢은 일이 있었냐고 물어보고, 힘내라며 시원한 음료를 건네기도 했다. 자신의 일에 자신의 인장을 찍는 것은 퇴근 후 각자의 몫으로만 남았다. 칼퇴를 중요하게 생각하고 회사 바깥의 삶을 챙기려는 내게는, 찍을 인장이 없다.

늘 일을 잘하고 싶었다. 좋은 책들을 잘 알아보고 소개하고 싶었다. 책 한 권을 잘 소개하는 일뿐 아니라, 어떤 책들을 함께 읽으면 더 의미 있는 경험을 할 수 있는지도 전하고 싶었다. 내가 좋아하는 책을 그저 상찬하는 것이 아니라, 독자의 관심과 취향을 사려 깊게 읽으며 그에 맞는 방식으로 책을 권하고 싶었다.

궁극적으로 나는 개브리얼 제빈의 소설 《섬에 있는 서점》에서, 서점 주인인 A. J. 피크리가 경찰관인 램비에이스 소장의 독서 취향을 확장시킨 것 같은 일에 매혹된다. 나의 일이 누군가의 독서를 확장시키고, 더 나아가 그 사람의 삶이 보다 두터워지는 데 기여하기를 희망한다.

> 램비에이스 소장은 서점에 자주 들렀고, 잦은 방문을 합리화하기 위해 책도 구입했다. 램비에이스는 돈을 낭비하면 안 된다는 신조를 갖고 있었기 때문에 구입한 책은 읽었다. 처음엔 제프리 디버, 제임스 패터슨(아니면 제임스 패터슨이라는 이름으로 쓰는 작가집단)의 염가 문고판을 주로 샀는데, 에이제이가 그건 그만 졸업시키고 요 네스뵈와 엘모어 레너드의 페이퍼백으로 전환해주었다. 두 작가 모두 램비에이스의 취향을 저격하자, 이번에는 다시 월터 모즐리를 거쳐 코맥 매카시로 진급시켰다. 에이제이의 가장 최근 추천작은 케이트 앳킨슨의 《살인의 역사》였다.
> 램비에이스는 서점에 오자마자 책 이야기를 하고 싶어

안달이었다. "그게 말이야, 처음엔 그다지 마음에 안

들었는데, 점점 좋아지더라니까, 와."

— 개브리얼 제빈, 《섬에 있는 서점》(2017, 루페)

나를 매혹하는 것이 나의 일이 될 때, 일은 삶의 각별한 일
부가 된다. 간혹 여유가 생겨 이런 저런 책을 검토하고, 구매
데이터를 세밀하게 쪼개며 독자들의 관심과 취향을 들여다
볼 때의 몰입감이 즐겁다. 내가 추천하는 책이 누군가의 서가
에 꽂힌다고 상상하면 희열을 느낀다. 새로운 기획을 구상하
며 일에 깊이 더 깊이 빠져들고 싶다. 밥 먹기도 귀찮고 퇴근
시간이 다가와도 그냥 눌러 앉아 있고 싶다. 이럴 때 나는 모
니터 속으로 들어갈 듯 목을 쭉 빼고 일한다. 모니터가 아마
거울이었다면 분명 내 눈이 반짝이는 걸 발견했을 것이다. 사
람은 즐거우면 우선 눈빛이 달라진다. 일과 삶이 하나가 되는
순간이다.

아쉽게도 이런 시간은 간헐적으로 찾아왔다. 한 달에 이삼
일 정도, 그마저도 한두 시간에 불과했다. 나는 여전히 칼퇴
를 하고, 해야 할 일은 지지부진하다. 이런 조건에서 나는 내
일에 스스로 만족하기 어렵다. 그렇게 좋아하는 책들을 나의
일벗으로 삼고도, 내 열정은 일로 이어지지 않는다.

유디트 샬란스키의 《머나먼 섬들의 지도》를 읽으며 "열정적으로 일하고 싶다"는 생각을 했다. 작가는 어린 시절부터 지도책에 빠져들었다 한다. 어딘가에 적힌 낯선 지명을 매만지고 상상하다 마침내 사랑하게 되었을 것이다. 지도를 오래 들여다봤기에 발견했을, 너무나 작아서 세계지도에 표시되지도 않는 섬들의 이야기는 오십 개의 매혹덩어리다. "간 적 없고, 앞으로도 가지 않을 오십 개의 섬들"에 대한 책이 실용적인 '필요'에 의해 탄생했을 리는 없다. 이런 이야기는 세상의 요청 없이 오로지 한 사람의 마음에서 태어난다. 애정의 크기가 마음의 용량을 차고 넘쳐서 밖으로 꺼낼 수밖에 없을 때 책의 형태로 세상에 나온다. 글을 쓰고 지도를 그리는 내내 작가의 얼굴은 상기되었을 것만 같다. 나도 내가 좋아하는 일, 내가 공을 들이고 싶은 일을 상기된 얼굴로 하고 싶다.

나는 일 바깥의 삶을 위해 계속 칼퇴를 할 것이다. 그러니 내 일에 충분한 공을 들이는 일은 영원히 불가능한 꿈일 것만 같다. 그저 가끔씩 주어지는 간헐적인 시간들을 모아 할 수 있는 만큼의 일을 도모하는 것이 최선인 것 같다. 이런 '작은 최선'이라도 오래 지속하기만 한다면, 내가 꿈꾸는 서점원의 경지에 가닿을 수 있을까. 칼퇴주의자의 신념을 지키면서도 일에서 의미를 찾을 수 있기를 오늘도 바라고 바란다.

✦

나를 매혹하는 것이
나의 일이 될 때,
일은 삶의 각별한 일부가 된다.

오,
나의 sub-way

집 앞에서 버스를 타고 지하철역에 내린다. 6호선, 5호선, 9호선을 차례로 타고서야 회사에 도착한다. 버스는 한 번만 갈아타도 회사 앞에서 내릴 수 있지만 나는 늘 지하철을 탄다.

지하철을 타는 가장 큰 이유는 책을 읽기 좋아서다. 버스에서는 책을 읽을 수 없다. 10분 이상 보면 멀미가 난다. 차창 밖 풍경을 바라보는 것은 좋지만 서울의 버스에선 풍경을 감상하기도 어렵다. 출퇴근 시간이라 차에 가득한 사람들 사이에서 시야가 밖으로 환하게 열릴 리 없다. 그나마 틈새로 보이는 풍경은 시커먼 창틀로 조각조각 잘려서 오히려 답답하다. 나는 눈앞에 펼쳐진 조각난 풍경보다 지하철에서 읽는 책 속의 풍경이 더 만족스럽다.

처음 지하철을 탔을 때는 그저 낯설었다. 지하철이 없는 도시에서 자랐기 때문이다. 서울역에서 당고개행 4호선을 처음 탔던 날을 잊을 수 없다. 서울역에 도착한 사람들 대다수가 바삐 걸으며 한 방향으로 이동했다. 마중 나온 고모를 따라 나도 그 무리에 섞였다. 그 많은 사람들이 향하던 곳이 바로 지하철역이었다. 지하철 승강장의 풍경은 어수선했다. 들어오고 나가는 열차의 소음, 열차의 행선지를 알리는 안내방송, 무엇보다 열차가 이렇게 자주 도착하는데도 매번 한가득 차량을 메웠다 쏟아지는 사람들에 정신이 없었다. 지금껏 내가 감각해온 세상과는 다른 세상이었다. 꽉 쥐고 있던 승차권의 빳빳함이 손에 설었다.

제기역에서 1호선을 타고 의정부북부역으로, 인천역으로 오갔던 대학 1학년의 나날 역시 생생하다. 입학 초 주말에는 갈 곳이 마땅치 않아 무작정 지하철을 타고 종점까지 다녀오곤 했다. 이 큰 도시에 잘 섞일 수 있을지 몰라 두려웠던 마음도, 동경하던 도시에 마침내 발을 내디뎠다는 뿌듯함도 지하철에서 느꼈다. 내게 지하철은 '고향과 다른 것'을 대표했다.

지하철 안 풍경도 신기했다. 머리 위로 손잡이가 가득하건만 손잡이를 잡는 사람이 거의 없었다. 왜 아무도 잡지 않는지 의아했고 어떻게 다들 휘청대지 않는지 감탄했다. 무의식중에 손잡이를 잡고 주위를 둘러보다 황급히 손을 내리곤 했다.

손잡이를 잡는 것이, 내가 '서울 사람들'과 구별되는 행동 같
았기 때문이다. 사투리를 감추듯 손은 어색한 위치로 내려왔
다. 그런 것 따위는 아무도 신경 쓰지 않는다는 걸 몇 달은 지
나서야 알게 되었다.

지금은 지하철에서 휴대전화를 보는 사람들이 대부분이지
만 그때는 앉은 사람 선 사람 할 것 없이 신문이나 잡지, 책
을 든 사람이 많았다. 내가 태어난 도시에선 그런 경우가 거
의 없었다. 버스에서 저마다 얘기를 나누거나, 얘기 나누는
사람을 바라보거나, 창밖을 보며 상념에 잠기거나, 이어폰을
꽂은 사람들은 있어도 책을 보는 사람은 많지 않았다. 차로
20분 정도 달리면 시내로 진입하는 도시와 거리에 따라 한 시
간 이상 걸리기도 하는 대도시 서울의 차이겠지만, 서울 사람
들은 어디서나 자기만의 시간과 공간을 점유하고 있다는 느
낌을 받았다.

그런 모습이 매정해 보이기보다 근사해 보였다. 그리고 나
는 빠르게 동화되었다. 서울 생활 초기부터 나는 혼자 지하철
을 타면 늘 뭔가를 읽어왔고, 그 시간이 너무 흡족했다. 먼 데
서 약속이 잡혀도 불평할 이유가 없었다. 그만큼 긴 시간을
누리게 되는 것이니까. 그렇게 목적지에 도착하면 책을 더 읽
지 못해 아쉬웠다. 친구가 좀 늦는다고 알려와도 전혀 불쾌하

지 않았다. 오히려 지하철에서 보내는 시간이 잠시 연장되는 걸 즐겼다.

그런 내게, 지하철에서 누리는 시간이 더더욱 각별해졌다. 아내가 복직을 하면서다.

엄마 아빠와 저녁에야 만나게 되니 딸 지안이는 더 늦게 자기 시작한다. 엄마 아빠와 더 오래 함께 있고 싶은 것 같다. 설거지를 하고 있으면 내게 다가와 말한다.

"아빠, (그릇) 쓱싹쓱싹 끝났어요? 쓱싹쓱싹 끝나면 지안이랑 놀아주세요."

나도 엄마 아빠를 더 찾는 듯한 아이가 짠해서 이전보다 더 많이 놀아주려고 애쓴다. '지안이 가게 놀이'를 특히 많이 한다. 내가 "똑똑똑" 문을 두드리면 지안이가 "어서 오세요" 하고, 내가 "맛있는 오리 고기 사러 왔어요" 하면 지안이가 "지글지글" 소리 내며 요리해서 "여기 있습니다" 하고 내놓는다. 가끔은 "지안이 가게 공사 중인데요", "세 밤 자고 오세요" 하면서 약 올리듯 웃는다. 그럼 나는 약이 잔뜩 오른 척 연기하는데 그게 그렇게 재미있나 보다. 이런 놀이를 반복하고 반복하고 또 반복해도 지안이는 웃고 웃고 또 웃는다. 거기에 숨바꼭질하고 공룡 흉내 놀이 하고 나면 꽤 지칠 정도다. 이 정도면 아이의 마음을 흡족하게 달래준 것 같아 뿌듯해진다.

하지만 아이에겐 아직도 부족한가 보다. 자려고 누웠다가도 "물 먹고 싶어요. 물 주세요" 하면서 엄마 아빠를 일으키고, "쉬 마려워요" 하며 화장실에 가자고 한다. 하지만 데려가도 쉬는 나오지 않고, 다시 기저귀와 바지 입혀 침대로 데려오면 "기저귀에 쉬했어요, 기저귀 갈아주세요" 한다. 갈아주고 나면 "바지가 불편해요"라며 다른 바지를 입혀달라 하거나, "잠이 오지 않아. 잠이 오지 않아" 하면서 다시 불 켜고 놀자고 한다. 자는 것을 미루기 위해 제 나름대로 최선을 다하는 느낌이랄까. 이런 과정을 거치면서 잠드는 시간이 많이 늦어졌다. 새벽에 잠꼬대하며 엄마 아빠를 찾는 경우도 늘었다.

이렇게 습관이 바뀌니 아내와 내가 각자 활용할 수 있는 시간도 많이 줄었다. 밤에 번갈아 카페에서 시간을 보내기도 했는데 지안이가 엄마 아빠를 찾으니 나가는 빈도가 많이 줄었다. 이따금 새벽에 일찍 나와 회사 앞 카페에서 누리던 시간도 줄었다. 늦게 자니 새벽에 일어나기가 힘들게 된 것이다. 어떻게 머리를 굴려도 시간을 늘릴 방도가 마땅치 않다. 지안이와 보내는 시간을 더 줄이고 싶진 않아서 더 그렇다.

남은 건 출퇴근 시간이다. 회사까지 편도 한 시간, 하루 두 시간의 시간을 알차게 쓰려고 노력한다. 다행히도 나는 지하철 공간이 편해서 (물론 카페에 비할 바는 아니지만) 몰입해서 책을 읽고 글도 쓸 수 있다. 지하철이 나를 실어 나르는 동안 딴 세상에 다녀오는 기분이 참 좋다.

최은영의 소설집 《내게 무해한 사람》에 수록된 〈고백〉을 읽다가는 유년기로 돌아갔다. 세 명의 친구가 뭉쳐 다니지만 서로가 자신이 겉돈다고 느끼는 이야기를 읽으니 그 시절의 내가 떠올랐다. 이날의 출근은 추억 여행이었다. 류승연의 《사양합니다, 동네 바보 형이라는 말》을 보다가는 눈물을 쏙 뺐다. 장애가 있는 아들을 돌보느라 딸에게 시선을 두지 못한다는 부모의 마음을 감히 헤아려보다 끅끅 소리 내 울었다. 주위에서 쳐다보는데도 쉽게 멈출 수가 없었다. 내가 흘린 눈물이 '장애'라는 단어를 마주한 사람들이 보이는 상투적인 반응은 아니었나 싶어 부끄럽기도 했다. 이런 날의 출근은 사색의 숲이었다.

같은 칸에 책을 보는 다른 사람이 있거나, 정말 우연히 같은 책을 읽는 사람을 만나면 묘한 동료애를 느끼기도 했다. 몇 년째 매일 지하철에서 책을 보지만, 나와 같은 책을 보는 사람은 딱 두 번 봤다. 미국 작가 켄트 하루프의 소설 《밤에 우리 영혼은》과 신형철 평론가의 《슬픔을 공부하는 슬픔》. 둘 다 내가 많이 좋아하는 책이라 너무 반가웠다. 책을 읽으면서도 자꾸 그쪽을 바라보고 싶었다. 불편하게 느낄까 봐, 특히 책을 보는 분들은 대부분 여성이라, 관심이 가는 마음을 꾹꾹 눌렀다. 시선을 애써 책으로 옮기지만 그런 날은 거의 몇 장 읽지 못하고, 읽어도 내용이 머릿속에 남지 않았다. 그렇게 간혹, 굉장한 서연(書緣, 책의 인연)이 지하철에서 흘러오고 흘러갔다.

지하철은 이런 순간들을 내게 선물하며 피곤에 전 나를 말끔히 씻고 탁탁 털어 회사 앞에, 집 앞에 단정하게 놓아준다. 어두컴컴한 땅속에서 나는 작은 빛을 발할 수 있다. 지하철은 땅 아래(sub) 있어서 subway지만, 내겐 일과 육아 외에도 필요한 시간을 대체(sub)해줘서 sub-way다. 지하철 덕분에 이 큰 도시에서 잘 살아가고 있다.

40.5도

출근하기 전, 곤히 잠든 아이의 얼굴을 바라본다. 다 내려놓고 그저 아이 옆에 눕고 싶다. 쌕쌕거리는 숨소리와 꼼지락거리는 손가락, 달콤한 아기 냄새. 빈손에 조용히 손가락 하나를 밀어 넣어보면 아이는 무의식중에 손가락을 살며시 감싸 쥔다. 따뜻하고 보드랍다. 이 친밀한 감각을 오래 느끼고 싶다.

집을 나서면 출근 태세로 즉각 전환된다. 예상 도착 시간을 가늠해보고 오늘 할 일들을 떠올려본다. 출근길에 읽을 책을 슬슬 꺼내든다. 이른 새벽이라 동네 골목엔 아직 차들이 빼곡하게 서 있다. 부산해지기 직전의 이 고요가 좋다. 아이와 있을 땐 곁에서 떨어지고 싶지 않지만 정작 집을 나서면 혼자 누릴 시간이 있다는 것에 만족을 느낀다. 그래도 예외는 있으니, 아이가 아픈 날은 정말 발걸음이 무겁다. 마음이 계속 아이를 향한다. 하루가 여느 날 같지 않다.

아이가 처음 아팠던 날은 말로 표현할 수 없을 정도로 괴로웠다. 아픈 아이를 두고 출근했을 때, 고군분투할 아이와 아내를 배신하는 것만 같았다. 계획했던 일들도 결코 계획대로 처리되지 않고 종일 엉망이었다. 이제 내 하루를 가장 크게 좌우하는 것은 나의 계획이 아니라 아이의 상황이겠구나 생각했다. 아이가 아프니 일상은 비상이 되었다. 큰 병에 걸린 것도 아니니 호들갑을 떠는 것이긴 한데, 그 호들갑스런 상태가 내 마음의 정확한 상태였다.

지안이는 14개월이 되었을 때 처음 열감기에 걸렸다. 아이를 안았을 때 평소보다 따뜻한 느낌이 들어 열을 재보니 38.5도였다. 다들 한 번씩 한다는 돌치레가 찾아왔네 하는 마음으로 병원에 갔다. 병원에서도 평범한 열감기라고, 편도가 부어 열이 더 나는 거라고 간단히 설명하며 약을 처방했다.

약은 잘 듣지 않았다. 해열제가 포함되었으니 열이 떨어지긴 했지만 정상 체온까지 떨어지진 않았고 두 시간 뒤면 다시 올랐다. 일주일 정도는 가기도 한다는 이야기를 많이 들은 터라, 과연 그렇구나 싶었다. 다음 날 다시 병원에 갔다.

이번엔 다른 종류의 해열제가 추가되었다. 열이 떨어지지 않으면 두 종의 해열제를 번갈아 먹이라 했다. 두 시간 간격을 꼭 지키면서. 복용 간격이 더 짧으면 간에 무리가 간다고 했다. 하루에 복용할 수 있는 해열제 용량도 정해져 있으니 허용치 이상은 먹이지 말라는 설명도 들었다. 우리는 그대로 이행했고 체온이 계속 오르내리는 가운데 아이는 점점 지쳐갔다. 여전히 열은 잡히지 않았다.

아이 체온은 급기야 40도를 넘어섰다. 40.5라는 숫자를 체온계에서 처음 봤다. 한 종의 해열제는 지안이의 열을 거의 낮춰주지 못했다. 다른 한 종의 해열제는 지안이의 체온을 너무 낮은 곳까지 끌어내렸다. 저체온이었다. 열이 오를수록 지안이는 축 처졌고, 내릴수록 힘에 겨워 울음을 터뜨렸다. 한 시간을 꼬박 비명 같은 울음을 토했다. 우는 아이를 곁에서 무력하게 바라보는 게, 아이의 고통이 내게 체감되지 않는다는 것이 힘들었다. 나 역시 고통스러웠지만 아이의 고통과는 다른 것이었다.

내가 회사에 있는 동안 아내는 여러 병원에 지안이를 데려가 봤지만 진단과 처방은 크게 다를 게 없었다. 하루에도 몇 번씩 아이의 고열과 저체온 사이에서 아내와 나는 갈팡질팡 전전긍긍 했다. 결국 열이 난 지 사흘째 밤엔 체온이 너무 떨어져 응급실로 달려가야 했다. 체온계의 숫자는 34.7이었다.

택시를 잡아타고 병원으로 향했다. 보호자는 한 사람만 들어갈 수 있다고 해서 아내가 지안이를 데리고 들어갔다. 대기하는 곳에서 안절부절못하며 서 있는데 응급실의 자동문이 열렸다 닫힐 때마다 들려오는 지안이의 울음이 커졌다 작아졌다.

평범한 열감기였다. 실제 체온도 34.7도는 아닐 거라고 했다. 정말 그 체온이면 아이가 정신을 잃었을 거라고. 체온계의 체온과 중심 체온은 다르고, 어쩌면 우리가 잘못 쟀을 수도 있다고 했다. 어쨌든 해열제의 작용으로 체온이 많이 낮아지고 아이가 몹시 지친 것은 사실이었다. 열의 근원을 빨리 잡을 필요가 있어서 의사는 수액을 처방해주었다. 해열제를 반복 투약하는 악몽에서 벗어나는 길이었다.

아이가 맞는 수액의 양은 어른이 맞는 양과 그리 달라 보이지 않았다. 다만 투약 속도는 훨씬 느렸다. 나라면 두 시간 정도 맞았을 수액을 지안이는 일곱 시간 동안 맞았다. 병원에 밤 11시에 도착, 수액을 맞기 시작한 시각은 밤 12시였다. 응급실 침대는 이미 만석이었다. 응급실 옆 복도의 길고 딱딱한 의자에 누워 있는 부모와 아이들이 보였다. 바늘을 꽂느라 한바탕 울어댄 지안이를 달래기 위해 나는 아기띠로 지안이를 감싸 안고 빈 의자로 향했다.

　지안이는 어느새 잠이 들었다. 자면서도 훌쩍거렸다. 의자에 눕히면 자다가 떨어질 것 같아 유모차를 젖혀서 아이를 눕히려 했다. 하지만 눕히려 하면 깨고, 또 눕히려 하면 울었다. 아이는 아팠고 놀랐고 아빠에게 꼭 붙어 있으려 했다. 그렇게 내내 아이를 안고 서 있다가 새벽 5시에야 겨우 눕혔다. 아이가 수액을 다 맞은 7시까지 아내와 나도 복도 의자에 누워 잠시 눈을 붙였고, 이후 병원에서 나와 택시를 잡아타고 집으로 왔다. 지안이는 집으로 오는 내내 잠을 잤고 숨소리는 점차 안정되었다.

　응급실에 다녀온 후 지안이는 차도를 보였다. 이삼일 지나서는 예전의 지안이로 거의 돌아왔다. 고통이 진하게 배어 있던 울음이 확실히 사라졌다. 정상체온이 유지되고, 밥과 물도 잘 먹고, 무엇보다 다시 웃고, 원래 놀던 방식대로 놀이를 즐겼다. 다만 얼굴과 몸에 열꽃이 피었고, 기침을 조금 하고, 통통했던 볼살이 사라졌다. 그래도 웃음은 여전히 밝았다. 예쁘고 귀여웠다. 한없이 예뻤다. 며칠 밤낮으로 고생해 수척해진 아내와 퇴근 후에만 고생해 그저 피로할 뿐인 나는, 그 웃음을 바라보며 비로소 안심할 수 있었다.

　고작 아이의 감기로 롤러코스터를 탄 우리는 영락없는 초

보 부모였다. 아이 손과 발에 남아 있는 주삿바늘 자국들, 그 자국들을 보면 또 마음이 아려와 이미 쉴 새 없이 웃는 지안이를 더 웃게 해주려고 아내와 나는 웃기기 경쟁을 계속 이어 갔다. 감기는 이미 떨어졌는데도 마음이 덜 가라앉아 여전히 놀란 채로 며칠을 보내야 했다. 이 모든 게 우리의 경험이 부족한 탓일 뿐, 점차 이런 일에 익숙하고 능숙해지면 괜찮을 거야 하고 서로 토닥였다.

아이는 자라면서 여러 차례 고열을 겪었다. 경험이 쌓이니 우리의 대응도 능숙해졌다. 하지만 첫 경험이 나름 호되었던 탓인지 아이가 콧물만 흘려도 늘 긴장이 된다. 열이 뒤따르는 경우가 많아서 그렇다. 경험은 익숙함과 능숙함을 선사했지만 평정은 가져다주지 못했다. 아이는 앞으로도 몇 번이고 아플 테지만, 나는 더 능숙해지겠지만, 그렇다고 내 마음이 편안하지는 못할 것 같다. 경험이 더 쌓이면 다를까. 글쎄, 부모란 결코 그런 경지에 다다를 수 없는 사람을 일컫는 말 같다고, 지금은 느끼고 있다.

아이가 태어났을 때는 '미래의 가능성'에 대해 꿈꿨다. 백일이 지나면 돌이 지나면 육아에 적응하면, 이것도 하고 저것도 해야지, 그럴 시간이 열릴 거라고 기대했다. '부모의 삶'과 '부모가 아닌 나의 삶'을 병행할 수 있을 거라고 생각했다. 실제로 아이가 백일을 지나고 돌을 지나고 두 돌을 지나면서 조금씩 여유가 생겼다. 평일 밤과 새벽 그리고 주말을 이따금 개인 시간으로 활용한다. 점심시간을 쓰는 나만의 노하우도 생겼다. 지하철에서의 시간을 누리며 '잘 살아가고 있다'는 생각도 한다.

하지만 이런 생각도 자주 든다. '부모'라는 이름과 '나'라는 이름을 나란히 놓고, 아무리 둘의 균형을 잘 유지하려 해도, 결국엔 '부모' 쪽으로 기울 수밖에 없을 것 같다는 생각. 어쩌면 이 둘의 균형점이란 한쪽으로 조금 기울어진 상태를 일컫는 것 같다는 생각. 앞으로의 내 삶은 아이를 향해 기울어진 상태를 받아들이는 일로부터 시작되는 것일지도 모른다.

◆

'부모'라는 이름과 '나'라는 이름을
나란히 놓고, 아무리 둘의 균형을
잘 유지하려 해도, 결국엔 '부모' 쪽으로
기울 수밖에 없을 것 같다는 생각.
어쩌면 이 둘의 균형점이란
한쪽으로 조금 기울어진 상태를
일컫는 것 같다는 생각.

네가 잠든

후에도

너의 마음을

"아빠, 쳐다보지 마세요."

퇴근 후 "아빠 다녀왔어요" 하며 인사를 건넸더니 돌아온 대답이다. 여느 때처럼 한껏 애정을 담아 아이를 바라봤지만 아이는 고개를 돌렸다. 문 열리는 소리만 들어도 "아빠, 아빠" 외치던 아이인데. 짜증날 일이라도 있었나 했지만 아내 얘기로는 잘 놀고 있었다 한다. 폭염에 녹아내린 몸을 씻어내고 상쾌한 기분으로 다가가 아이를 안았다. 그랬더니 돌아온 대답은 "아빠 만지지 마세요."

분명 내가 아이 마음을 상하게 했구나 싶었지만, 전혀 짚이는 바가 없었다. 아이에게 물었다.

"지안아, 아빠가 지안이 쳐다보고 지안이 안는 게 싫어요?"

"응."

"왜 싫어요?"

"……"

"지안이는 아빠한테 섭섭한 게 있어요?"

"네. 아빠가 같이 안 놀아요."

아이가 태어난 이후 이틀 연속으로 같이 놀지 못한 적은 없었다. 그러다 이번 주에 처음으로 연이틀 못 놀았다. 하루는 오랜만에 저녁 회식이 있었고, 그다음 날은 써야 할 원고가 있어서 저녁을 먹고 카페로 나갔던 터다. 평소에 아이와 많이 놀아왔으니 이틀 정도야, 나는 대수롭지 않게 생각했다. 그런데 아이는 그렇지 않았나 보다. 나야 퇴근 이후 대부분의 시간을 아이와 함께 있으니 '많이' 논다고 생각하지만, 아이에게는 긴 하루의 끄트머리에야 나타나 '잠시' 노는 존재가 아빠였을 수 있을 거 같다. 그런데 이틀이나 자리를 비웠으니. 지안아, 아빠가 미안해.

아이의 마음을 알고 나서 평소보다 좀 더 열심히 아이와 놀았다. 아이를 이불에 눕혀서 흔들흔들 비행기 태워주고, 요리 장난감으로 샌드위치와 케이크를 만들어서 서로 주거니 받거니 대접하며 놀았다. 블록으로 큰 병원을 만든 뒤에는 대체 몇 명의 친구를 치료해주었는지 모르겠다. 동료 의사가 된 우리는 호랑이를 수술하고, 코끼리에겐 물약을, 하마에겐 알

약을 처방했다. 배가 아픈 곰돌이와 이가 아픈 악어, 꼬리가 아픈 여우를 고쳐주었다. 무엇보다 아이의 서운함을 깨끗하게 치료했다(고 믿고 싶다). 아이는 전처럼 다시 두 팔 벌리고 "아빠, 사랑해요" 하며 와락 안겼다.

아이가 보채거나 서운함을 토로하는 일은 아이를 키우는 집에선 일상적인 일이다. 직장에 다니는 부모가 아이와 충분한 시간을 보내기 어려운 현실은 나만 겪는 문제가 아니다. 혼자 유난 떨 소재가 아닌 것이다. 아이가 안쓰럽기도 하지만 아이도 적응해야 한다. 아이가 다시 마음을 여는 것 같아 흐뭇하면서도 고민이 생겼다. 이런 상황이 다시 오면 어떻게 행동해야 할까. 우리는 마침 아내의 복직을 코앞에 두고 있었다. 아이의 서운함은 이제 나뿐 아니라 아내에게도 향할 것이다.

아침에 일어나면 늘 엄마를 마주했던 아이는 엄마 없이 하루를 시작해야 한다. '씽씽이'나 자전거를 타며 어린이집으로 가는 풍경에도 엄마는 없다. 엄마도 아빠처럼 하루의 끄트머리 즈음에 얼굴을 내밀 것이다. 어떤 옷을 입고 어떤 핀을 꽂을지를 두고 엄마에게 요구하는 일, 미세먼지 신호등을 보고 엄마에게 '오늘의 공기'에 대해 얘기하는 일, 엄마와 냇가의 물고기를 바라보는 일, 어린이집 하원 후 동네 커피숍에서 엄마는 커피 잔을 아이는 딸기주스 잔을 들고 건배하는 일은 이제 주말에나 가능할 것이다. 세 살 아이에게도 이제 '추억'이라 부를 만한 시절이 생긴다.

엄마와 아빠가 퇴근하기까지, 주말이 오기까지, 아이의 마음속에는 어떤 요구들이 차곡차곡 쌓일 게 분명하다. "쳐다보지 마" 하며 관심을 호소하거나, "잠이 안 와" 하며 밤늦게까지 같이 놀자고 매일 조를지도 모른다. 엄마 아빠는 각자 방전된 채 퇴근해서, 역할을 나눠 세탁기를 돌리고 청소기를 끌고 국을 끓이고 설거지를 하고 쓰레기를 내놓은 뒤에야 아이와 온전히 얼굴을 마주할 수 있을 것이다. 일상의 중압감에 눌린 우리는 아이의 요구를 손쉽게 들어주거나, 규칙과 좌절도 배워야 한다는 이유로 아이의 요구를 들어주지 않고 강경한 태도를 취하기도 할 게 뻔하다. 갈팡질팡할 그 시간을 어떻게 현명히 극복할 수 있을지 이리저리 머리를 굴려보지만 답이 잘 나오지 않는다. 그러던 차에 때마침, 언젠가 메모해두었던 구절이 눈에 띄었다.

> 우리는 일상의 중압감에 눌려서 삶의 근본적인 문제에 관한 대화를 회피할 때가 많다. 가장 중요한 문제를 가장 적게 논의한다.
> — 시어도어 젤딘, 《인생의 발견》(2016, 어크로스)

아이가 무언가를 요구하는 '순간'에 부모인 우리가 어떻게 반응할지 '대책'을 고민하는 것은, 어쩌면 '가장 중요한 문제'일 아이의 마음을 '가장 적게' 숙고하게 되는 방식이 아닐까. 아이가 어떤 요구를 표출할 때마다 그 순간을 어떻게 무마할지에 대해서만 고민했지, 아이의 요구가 왜 생기는지 평소의 일상에 필요한 것은 무엇인지 관심이 부족했단 생각이 들었다.

아이는 자신의 마음을 명료하게 설명할 수 없으므로 말의 느낌, 표정의 변화, 행동의 섬세한 면을 통해서 의미를 이해해야 한다. 내 시선과 관심이 평소에 늘 아이를 향해야 아이의 마음이 윤곽을 드러낸다. 함께 보내는 시간이 적으면 불가능한 일이다. 책을 더 많이 읽어야지, 일에도 더 신경 써야지 늘 이렇게 바라왔지만 이제 나는 한 가지를 더 바란다. 특정한 순간이 아닌 평소에 아이와의 시간을 더 많이 누릴 수 있기를.

어떤 비법을 궁리하며 아이의 요구를 손쉽게 해결하려 하지 않겠다고 다짐해본다. 평소에 늘 너에게 마음을 쏟겠다고. 해야 할 일을 모두 끝낸 후에야 네 차례가 오게 하지 않겠다고. 네가 잠든 후에도 너의 마음을 생각하겠다고.

육아면제구역

대부분의 또래 남자들이 이십 대 초반에 담배를 피우거나 스타크래프트 게임을 시작했다. 나는 친구들의 권유에도 그 둘을 전혀 하지 않았다. 회사 생활을 시작하고 삼십 대가 되자 몇 가지 권유가 덧붙었다. 등산이나 캠핑, 사회인 야구나 스크린 골프 같은 것들. 이 역시 나는 죄다 거절했다. 술 한잔 하자는 권유도 대부분 사양. 이십 대 초중반엔 음주를 즐겼으나 지금은 술 마시는 날이 1년에 열흘도 안 된다. 꽤 많은 남성들에게 나는 조금 별종처럼 인식되는 것 같다. 그러다 보니 간혹 이런 질문을 받는다.

"그럼 스트레스를 어떻게 풀어요?"

"아이 키우다 보면 좀 쉬고 싶지 않나요?"

간혹 스트레스를 받은 날에는 일찍 자는 편이다. 그러면 그날의 스트레스는 신기하게도 대부분 씻겨 나간다. 하지만 휴식이라면 얘기가 다르다. 늘 쉬고 싶다. 쉬고 싶은 마음이 아주 간절하다. 아무것도 하지 않고 쉬고 싶다.

'아무것도 하지 않고'라고 하지만 누워서 숨만 쉬겠다는 건 아니다. 집중할 필요를 전혀 느끼지 않고, 에너지를 쓴다는 의식도 없이, 긴 시간 무언가에 홀로 몰입될 때 나는 제대로 쉬었다 느낀다.

아이가 태어나기 전에도 나는 계획을 빼곡하게 세우는 타입이었다. 읽기로 계획한 책은 늘 많았고, '휴식' 같은 단어는 계획에 포함되지 않았다. 그렇게 살다 보니 1년에 한두 번 정도는 느슨해지고 싶은 때가 왔다. 숨 쉴 구멍이 필요했다.

그럴 때 숨구멍이 되어준 것은 신기하게도 십 대 때 아꼈던 책이었다. 《태백산맥》이나 《퇴마록》처럼 도서대여점에서 예약 대기를 걸어놓고 빌려 봤던 긴 호흡의 소설들. 그리고 아다치 미츠루의 《H2》와 요코야마 미쯔데루의 《삼국지》 같은 만화. 이런 책들을 연이어 읽다 보면 낮이 밤이 되고 새벽이 되었다. 시간을 잘게 토막 내지 않고 길게길게 흘러가도록 내버려두었다. 책을 덮을 즈음엔 어느덧 다시 시동을 걸 준비가 되어 있었다.

때론 영화, 드라마, 예능도 몰아 봤다. 외전을 제외하고도

110편에 이르는 애니메이션 〈은하영웅전설〉, 이십 대 후반에 아꼈던 드라마 〈9회말 투아웃〉, 의학과 철학이 뒤섞인 미국 드라마 〈하우스〉를 좋아했다. 그리고 〈무한도전〉의 추격전들도 자주 봤다. 아무 생각 없이 모니터를 보며 밥 먹고 잠들고 누웠다 앉았다 다시 눕길 한참 반복했다. 생활 리듬이 뒤바뀌어 피곤할 것만 같은 그런 하루를 보내고 나면 나는 오히려 회복되었음을 느꼈다. 현실의 시간 감각에서 나를 잠시 놓아주는 일이 나를 정화시키는 것 같았다.

하지만 아이가 태어난 후엔 이런 시간을 누리기가 힘들다. 최소 스무 시간 가까이는 들여야 할 대하소설이나 드라마를 연이어 정주행하는 일은 가능하지 않다. 한 달에 한두 번은 꼭 가던 영화관도 이제 1년에 한두 번 겨우 간다. 뮤지컬이나 전시회는 언제 보러 갔었는지 기억도 가물가물한다. 새로운 숨구멍이 필요했다. 다행히도 부모님들의 도움으로 이따금 아내와 둘만의 시간을 가지는 게 숨구멍이 된다. 그리고 또 하나의 작은 숨구멍이 있으니, 바로 운전하는 시간이다.

나는 서른둘이 막 되던 겨울에 면허를 땄다. 면허는 큰 어려움 없이 땄는데 이후엔 정작 운전할 기회가 없었다. 무엇보다도 차가 없었다. 대중교통으로는 가기 어려운 곳을 여행하려고 면허를 땄건만 아내와 나는 여전히 버스를 타고 걷고 또 걸어야 했다. 다행히 둘 다 걷는 걸 좋아해서, 한 시간 걷고 조금 쉬고 또 한 시간 걷는 식으로 다녔다. 내게 면허가 있다는 것을 한 몇 년 잊고 지냈다.

아이가 생기면서 다시 운전을 생각해야 했다. 친구의 차를 빌려 며칠 연습하고 첫 차를 구매했다. 아내의 출산 4개월 전이었다. 연습은 했다지만 운전은 미숙했다.

아이가 태어나고 퇴원하던 날이 기억난다. 비가 오고 바람도 많이 불었다. 5월이지만 쌀쌀했다. 카시트에 아이를 눕히고 시동을 걸었다. 아이가 타고 있다 생각하니 긴장이 되었다. 담요에 폭 싸고 꼭 끌어안았어도 갓 태어난 아이에겐 너무 춥지 않을까 싶어 조급해졌다. 조리원은 직선거리론 멀지 않았는데, 차로는 조금 돌아가야 했다. 병원을 나와 좌회전한 후 쭉 가다 유턴. 유턴 신호를 기다리고 있는데 아이가 갑자기 울기 시작했다. 병원에선 신생아실에 있었고, 우리는 이따금만 아이를 볼 수 있던 터라, 우는 걸 처음 봤다. 처음 겪는 일이라 당황해서 더 조급해졌다. 바뀌지 않는 신호가 야속하고 천천히 달리는 앞 차와 시야를 가리는 비가 원망스러웠다. 조리원 주차장은 양쪽에 차가 가득 늘어선 좁은 골목길 안쪽에 있었다. 좁은 골목길을 지나갈 자신이 없어서 큰길가에 차를 세웠다. 아이를 3층의 조리원으로 옮기자마자 다시 내려가 주차할 곳을 찾았다. 온몸이 비와 땀에 범벅이 되어 있었다. 룸미러엔 혼이 나간 얼굴이 비쳤다.

결국 어느 날, 조리원의 주차 엘리베이터로 들어가다가 차 문짝이 긁혔다. 운전하기가 딱 싫어졌다. 하지만 아이가 있으니 운전해야 할 상황은 많았다. 예방접종을 위해 자주 병원에 가고, 50일이나 100일 사진을 찍으러 스튜디오에도 가야 했다. 죄다 주차 면수가 적고, 진입 공간이 협소하며, 이중주차가 만연했다. 긴장 또 긴장. 차를 대놓고도 다시 빼주러 나갈 일이 신경 쓰였다.

다행히 시간이 흐르면서 운전이 자연스러워졌다. 운전이 미숙한 시간을 통과하자 오히려 운전은 '작은 숨구멍'을 만들어주었다. 두려웠던 공간에서 포근함을 느끼고 있다.

내가 사는 주택은 입주 세대의 보유 차량보다 주차 면수가 적다. 늦게 가면 주차할 자리가 없고, 차를 대더라도 차를 빼주는 데 신경 써야 한다. 나는 이런 데 쓰는 에너지가 아까워 근처 처가의 주차장에 차를 댄다. 차로 가든 걸어서 가든 집에서 10분 거리다. 집 앞에 도착해 먼저 아내와 아이를 내려주고 짐을 옮긴 다음 차를 끌고 처가 주차장으로 간다. 아이가 웃고 보채던 소리로 꽉 찼던 차에 고요가 내려앉으면 음악을 튼다. 대개는 밴드 '가을방학'의 노래다.

하늘로 가볍게 날아오를 듯 산뜻하면서도 옅은 슬픔을 머금은 보컬의 음색이 귀에 쏙 들어온다. 귀를 기울이다 보면 나는 적당히 차분해지고, 음악의 템포나 정조에 따라 또 적당히 흥도 나거나 슬퍼진다. 가사도 내 마음을 건드린다.

"그때 나 너를 만나서 어떤 표정을 했던가. 아마 난생처음 비를 맞는 꽃의 표정(《첫사랑》)" 같은 가사에서 어떤 감정들이 살아난다. "언젠가 너는 깨어나 어른이 된 널 보겠지. 회사에 출근하는 너, 남자랑 키스하는 너, 그런 날이 오기 전에 아직은 좀 더 자두렴. 사탕보다 더 달콤한 젤리보다 더 말랑한 낮잠(《낮잠열차》)" 같은 가사는 잠든 아이의 얼굴을 가만히 들여다보곤 하는 내 마음에 착 달라붙는다. 아내와 때로 다투고 가시 돋친 말을 주고받은 날은 "지금 이 순간 나는 알아. 왠지는 몰라, 그냥 알아. 언젠가 너로 인해 많이 울게 될 거라는 걸 알아(《언젠가 너로 인해》)" 같은 구절에 한없이 미안해진다.

아무리 천천히 가도 노래 두 곡 흐를 정도면 주차장에 도착. 이 잠깐의 시간이 의외로 근사한 만족감을 준다. 내가 원하던 '아무것도 하지 않는' 휴식이 이 짧은 순간에도 가능했다. 1평도 안 되는 작은 공간을 음악이 휘감으면 마음이 몹시 고양된다. 살며시 눈을 감고 귀를 기울여보곤 했다. 나도 모르게 슬며시 여러 감정에 빠져들며 지금의 나를 잊었다.

　그러나 딱 여기까지. 주차하고 나서도 노래 몇 곡 더 들으며 가만히 앉아 있고 싶지만 그럴 수는 없다. 따지고 보면 내게 차는 '육아면제구역'인 셈이다. 내가 노래를 듣는 동안에 아내는 짐을 정리하고 아이를 상대하고 있을 테니 말이다. 이미 면제 혜택을 누려놓고, 그걸 더 연장하려 꼼수를 부릴 순 없는 노릇이다. 육아는 생활이고 삶이다. 삶을 면제하거나 면제받는 것은 가능하지 않은 일. 운전할 날은 아직 많으니 내가 쉴 날도 아직 많다. 이런 생각을 하면서 나는 시동을 끄고 몸을 일으킨다.

워라밸과

라라밸

"자리 잡기가 쉽지 않네……."

집 앞 대학가에 24시간 카페가 있다. 새벽 4시, 새벽 3시, 새벽 5시, 새벽 5시…… 이런 시간대에 갔는데도 한 주 내내 자리가 없다. 중간고사를 앞둔 학생들이 밤을 새우며 진을 치고 있다. 내 시간을 더 가지려고 새벽 아지트로 삼은 곳인데 이러면 곤란하다. 기껏 일찍 일어났는데 새로운 곳을 찾느라 길바닥에 시간을 버리고 싶진 않다. 이 새벽에 갈 수 있는 다른 곳도 없다. 지하철도 다니지 않는 시간대라 회사로 갈 수도 없다. 어정쩡한 곳에 선 채로 책을 읽으며 20~30분 기다리니 다행히 빈자리가 나긴 했다.

하지만 내 계획은 책을 읽는 게 아니었다. 내가 담당한 회사 행사를 앞두고 점검할 것들이 많아 새벽 시간에 나왔다.

자료를 펼치지도 노트북을 켜지도 못하는 동안 마음이 조급했다. 물론 자리가 절박하기론 시험을 앞둔 학생들도 나 못지않을 것이다. 애꿎은 학생들을 원망할 일은 아니다. 그저 내가 계획한 일을 내가 계획한 시간대에 안정적으로 할 수 있는 곳이 없어 아쉬울 뿐.

이 와중에 회사 앞 단골 카페도 문을 닫는다고 한다. 근처 모든 카페가 아침 7시 정도에 여는데 이 카페만은 6시면 문을 열어서 좋았다. 지하철 첫 차를 타는 날이면 회사 앞에 6시 반이 되기 전에 도착해서 이 카페에서 책을 읽고 출근하곤 했다. 사장님은 남들보다 일찍 나와 이렇게 열심히 일했는데도 운영이 쉽지 않았나 보다. 낮에는 손님들이 바글바글했는데. 여의도에서 회사 생활을 10년 넘게 하다 보니 여의도의 장사는 점심시간의 인파만 보고 판단해선 안 된다는 걸 안다. 퇴근 이후와 주말엔 거리가 텅 빈다. 임대료는 비싼데 영업일은 짧은 게 여의도 장사의 생리인 것 같다. 큰 도움이 되지는 않겠지만 그간 모은 쿠폰은 사용하지 않기로 했다. 열 개의 도장이 다 찍힌 쿠폰 여덟 개를 버렸다.

그런 생각을 하면서도 그 자리에 새 카페가 들어온다는 얘기에, '거기도 6시부터 열면 좋겠다'라며 내 욕망을 투영한다. 나는 새벽의 습관이 흔들리는 게 두렵다.

내가 새벽의 습관, 새벽의 공간에 이토록 신경을 쓰는 이유는 '라라밸'을 위한 것이다. '라이프-라이프 밸런스'의 줄임말로, 내가 만들어본 말이다. '워라밸'(워크-라이프 밸런스)이란 말이 있지만, 일과 삶의 균형만 중요한 것이 아니라고 생각했기 때문이다.

회사 밖의 삶을 '라이프'라고 통칭할 수는 없다. 퇴근하고 육아와 가사노동을 마치면 잘 시간인데, 이 시간들도 삶의 중요한 일부라 생각하지만, 이게 내 삶의 전부라고 생각하면 힘이 빠진다. '부모의 삶'과 구분되는 '개인의 삶'도 분명 필요하다. 내게(그리고 누구에게나) '라이프'는 하나가 아니다.

인생을 구성하는 각각의 삶에 어느 정도는 균형 있게 시간을 보장해주어야 한다. 이게 바로 '라라밸'이다. 라라밸을 염두에 두지 않는 워라밸은 결국, 특히 부모들의 경우, 회사에서 일하고 또 집에 가서 일하는 삶의 반복으로 귀결될 수밖에 없다. 물론 집안일 중에 내가 좋아하는 일도 있고, 아이와 놀면서 하루 피로가 풀리기도 하지만, 그 일로 삶을 빼곡하게 채울 순 없는 노릇이다. 아이가 태어나기 전에 만들어온 자아는 아이가 태어난 후에도 고스란히 내게 남아 있다. 그에게도 시간을 주어야 한다. 퇴근 시간뿐만 아니라, 가사노동과 돌봄노동 이외의 시간을 챙기는 것도 꼭 필요하다. 내가 새벽의 습관을 만드는 이유다.

시간이 생긴다고 무슨 대단한 일을 하는 건 아니다. 책 몇 쪽을 읽고 난 다음 마시는 새벽 공기. 해야만 할 일을 잊고 다른 무언가에 오롯하게 몰입하는 시간. 그것만으로도 그날은 충분히 만족스럽다. 우선순위에 놓인 것이 누군가에게는 운동일 수 있고, 누군가에게는 여행일 수 있고, 누군가에게는 친구와의 만남일 수 있다. 내겐 책 읽기가 일순위다. 책에서 얻는 작은 만족감을 일상에서 작지만 꾸준하게 쌓길 원한다.

사실 매일 일찍 일어나진 못한다. 새벽에 나오는 날이 많아지다 보니 한 번씩은 길게 잠을 자야 한다. 피곤하다. 늘 자고 싶고 쉬고 싶다. 영화 한 편을 틀어놓고 스르르 잠들고 싶다.

한편으로는 자고 싶지 않다. 잠이 부족해도 피곤하지 않았으면 좋겠다. 밤에 재우려 하면 아이는 "자고 싶지 않아, 자고 싶지 않아" 하고 말한다. 사실 내 마음도 그렇다. '한 번의 새벽도 흘려보내고 싶지 않아. 아주 작은 시간이라도 더 가지고 싶어. 자고 싶지 않아'라고 되뇌고 되뇐다. 수면 부족을 겪지 않고도 라라밸을 이룰 수 있을까. 쉽지 않다. 그래서 잠을 줄이고, 10분 단위 시간이라도 어떻게든 확보하려 애를 쓴다.

일을 잘하는 사람, 가족을 잘 아끼는 사람, 스스로를 잘 보듬는 사람은 많다. 하지만 조금씩 절제하면서 이 셋을 균형 있게 잘 꾸려나가는 사람은 보기 어렵다. 물론 모두가 균형을 추구할 필요는 없다. 어느 하나에 고도로 집중하는 사람이 세상에 필요하기도 하고, 개인의 성향에 따라 저마다 만족도가 다를 것이며, 균형을 원하는 사람이라 하더라도 특정한 상황에서는 어느 하나에 집중해야 할 경우도 생긴다. 다만 나는 내 인생을 구성하고 있는 여러 '삶'을 '선택과 집중'보다는 '적절한 밸런스'라는 관점으로 대하고 싶다. 어느 하나에 집중해서 대단히 잘할 때보다, 어느 하나에도 소홀하지 않을 때 나는 행복하다. 일에, 가족에게, 나 자신에게 시간을 고루 들이고 싶다.

한 사람의 삶에, 하루 24시간 속에 이 셋을 균형 있게 담는 일은 어떻게 가능할 수 있을까. 가능하기는 한 일일까. 새벽 길에 몰려오는 졸음을 쫓아내며, 홀로 중얼거린다.

시간이 생긴다고 무슨 대단한 일을
하는 건 아니다. 책 몇 쪽을 읽고 난 다음
마시는 새벽 공기. 해야만 할 일을 잊고
다른 무언가에 오롯하게 몰입하는 시간.
그것만으로도 그날은 충분히 만족스럽다.

2

오래 매만진 마음

오늘은
순댓국을
먹어야 할까

점심시간 산책을 시작했다. 5월의 여의도공원은 걸을 맛이 난다. 깨끗한 연초록 잎들이 이룬 숲을 연이어 통과하면 파랗고 시원한 하늘 아래 서 있는 고층 빌딩들이 반긴다. 신기하게도 이 풍경이 썩 아름답다. 통유리로 이뤄진 건물 외벽에 하늘이 비쳐 청량감을 준다. 심지어 공사 중인 건물에 비친 풍경도 그렇다. 빽빽하게 들어차 공원을 돌고 있는 사람들도 이 완벽한 풍경에서 나름 훌륭한 소임을 맡은 것만 같다. 모든 게 자연스러운 듯 편안하다.

아이는 세 돌을 맞았다. 첫 돌을 맞았을 때 걸음마가 한창 늘었다. 두 돌 땐 자기 의사를 제법 문장 형태로 전달하려 했다. 세 돌을 앞둔 지금은, 물론 과장이지만, 어른과 꽤 흡사하다. 의사를 전달하는 걸 넘어 자기 의지를 관철하려 한다. 엄마 아빠와는 협상을 할 줄 알고, 사적인 공간과 공적인 공간의 행동이 달라야 한다는 것도 안다. 말하는 것도 몸을 놀리는 것도 훌쩍 다른 단계에 도달한 것 같다.

언제 이렇게 컸을까. 남의 집 아이는 순식간에 큰다고 하던데 내 아이도 그렇구나, 하는 생각을 혼자 걸으며 자주 한다. 그렇게 지나온 시간을 흐뭇하게 되짚다 보면 늘 그날의 기억에 도달하게 된다. 아이가 처음 세상에 나오던 그날.

그날의 기억은 아직도 선명하다. 아침 7시 조금 넘어 눈을 뜬 뒤 옆에 가만히 누운 아내를 바라봤던 기억. 아내의 눈을 보고 있는 동안 '오늘이구나' 직감하게 되었던 그날 그 순간.

아내는 진통의 간격을 재고 있었다. 새벽부터 아팠다고 했다. 병원에 갈지 상의하느라 시간이 좀 흘렀고, 씻고 옷 입고 입원에 대비한 짐을 챙기니 시간이 더 흘렀다. 배가 고파왔고 아내는 순댓국이 먹고 싶다 했다.

병원으로 향하면서도 실은, '의사가 우릴 돌려보내겠지' 생각했다. 진통이 충분히 진행되기 전에 병원에 갔다가 되돌아온 사례를 인터넷에서 많이 봤다. 병원에서 1분도 안 걸리는 순댓국집을 두고 병원으로 먼저 간 건 그래서였다.

"병원 갔다 나와서 순댓국 먹자."

"그래, 그럼 되겠다."

우리는 딱 맞춤한 계획을 세웠다며 흐뭇하게 웃었다. 손을 꼭 잡고 병원 계단을 올랐고, 계단을 다시 내려온 건 이틀 뒤였다. 우리는 둘이 아닌 셋이 되어 있었다.

처음 들어가 본 분만실엔 특별한 의료 기구가 없었다. 스스로 진통을 겪도록 한참을 놓아두다가 간호사가 이따끔 와서 자궁경부가 얼마나 열렸는지 확인했다. 통증이 심해진 순간에도 "힘줘요" "숨을 참아요" "숨을 쉬어요" 같은 말을 할 뿐이었다. 정말 저 세 마디가 거의 다였다. 다른 조치나 말을 더 해주지는 않았다. 분만실에서 보낸 대부분의 시간은 집에서 둘이 있는 것과 다를 바 없었다. 하지만 병원은 우리가 가장 필요로 하는 것을 제공했다. 결정적인 순간이 닥쳤을 때 당황하지 않아도 좋다는, 그런 안정감 말이다. 전문 역량을 갖춘 누군가가 재빨리 올 수 있는 여건에서 비롯된 안정감.

진통이 처음 왔을 때만 해도 여유를 부리던 아내는 진통 강도가 점점 높아지자 얼굴을 찡그리기 시작했다. 시간이 더 지나자 온몸을 덜덜 떨며 고통스러운 신음을 토해내기 시작했다. 정말 엄살이 없는 사람인데, 그런 아내가 덜덜 떨고 있었다. 도움을 간절히, 간절히, 원했다.

마음이 바빠졌다. 아내는 산통이 완화되길 원했고 나는 어서 무통주사를 놔달라 요청하고 싶었지만, 분만실 주위엔 아무도 보이지 않았다. 아래층 접수대로 뛰어 내려가 무통주사를 놔주었으면 좋겠다 말했다. 몇 분 안 되지만 우리에겐 길었던 시간이 지난 후 담당의가 분만실에 왔다. 그제야 겨우 긴장이 좀 풀렸다. 아내도 잠시 얼굴이 펴지는 듯했다.

그런데 허리에 주삿바늘을 두 번인가 찔러보던 의사가 갑자기 주사를 놓을 수 없다고 했다. 정확하게 기억해 옮겨 적을 순 없지만 혈관 위치가 주사 놓기에 좋지 않다는 의미였다. 그리고 알 수 없는 웃음을 섞어 "조금만 더 힘내세요"라든가, "금방 나올 거 같네요" 같은 말을 하고는 방을 빠져나갔다.

그 순간 아내의 얼굴에 흘러갔던 좌절감을 기억한다. 그 이전에도 이후에도 나는 그런 표정은 본 적이 없다. 유일하게 단 한 번, 아내가 오롯하게 드러내었던 좌절의 표정. 눈동자가 사라지듯 텅 비어가는, 너무 희미해져서 정말 사라질 것만 같았던 눈빛.

아내의 고통 앞에서 내가 할 수 있는 일은 없었다. 내가 손을 꽉 잡고 옆에 서 있다는 사실이 아내에게 얼마나 힘이 되었을까. 얼마간 위로가 되었을진 몰라도 그 위로가 고통에 다다라 어루만지진 못했을 것이다. 고통 앞에서 아내는 고독했을 것 같다. 아이를 낳는다는 결정은 함께 했어도 아이를 낳는 고통은 오롯하게 아내의 것이었다.

"남편 분은 나가 있으세요." 출산이 임박하자 담당 간호사가 이야기했다. 분만실이 바빠지기 시작했다. 끝까지 옆을 지키겠다 생각했으면서도, 정작 그 순간엔 시키는 대로 했다. 병원의 규칙과 자연스런 흐름에 순응하지 않을 수 없었다. 무엇보다 나도 얼이 나가 있었다. 상황에 압도되었다. 문 밖에서서 아내가 내는 소리를 들으며 안절부절 안절부절. 믿지도 않는 신을 찾아 기도했다.

드디어 아이 울음 소리가 들렸다. 문 밖에서 들어서 그런지 생각만큼 우렁차진 않았다. "남편 분 들어오세요" 하는 소리에 나는 얼른 들어가 탯줄을 잘랐다. 한 번에 잘 못 자르는 사람도 있다던데 나는 가위로 탯줄을 슬며시 밀어가며 말끔하게 잘랐다. 탯줄 자르는 법을 알아두길 잘했다는 생각에 뿌듯했다. 이 와중에도 그런 생각이 드는 걸 보면 사람이란 참 웃긴 존재다. 아니 그냥 내가 웃긴 존재인 건가. 빨갛고 따끈한 아이를 처음 안고서 보여준 모습이 그런 모습이라니.

아내는 병원에 도착한 후 여섯 시간의 진통을 겪고 지안이를 낳았다. 보고 들은 이야기에 비해 짧은 편이라 정말 다행이었다. 그런데 "순산하셨네요"라는 의사의 말이 거슬렸다.

순산이라니. 순산이라니.

아내의 진통을 옆에서 꼬박 지켜본 남편이라면 모두 동의할 것이다. 세상에 순산은 없다. 혈관이 터져나가고 몸의 구조가 비틀려 깨지고 옆에서 알려주지 않으면 숨 쉬는 것도 잊어버릴 정도의 고통 끝에 아이는 세상에 나온다. 순산이라 불리는 출산이어도 그렇다.

그 힘겨운 과정을 아내는 빈속으로 버텨내야 했다. 힘이 빠질 대로 다 빠진 채 또 힘을 써야 했던 아내를 보며 속상했던 내 모습도 생생히 기억난다. 게다가 아내는 무통주사도 맞지 못했다. 아이가 첫 돌을 맞았을 때 내가 가장 먼저 떠올린 장면은 아이를 처음 안았던 순간이 아니라, 아내가 덜덜 떨던 모습이었다. 텅 비어가던 눈동자였다. 먹이지 못한 순댓국이었다. 돌잔치 날 아이를 안고 부모의 소감을 말하면서, 나는 가족과 친지들 앞에서 처음으로 울음을 쏟아냈다.

그날로부터 3년이 지나 다시 5월이 왔다. 아이는 무럭무럭 자라며 우리의 시선을 사로잡는다. 생일이며 어린이날 같은 챙길 날도 있다. 어버이날도 있어서 서울과 경주의 부모님들과도 좋은 시간을 보냈다. 하지만 5월에 더 남다르게 기억나는 사람은 아내다. 5월엔 더 애틋하다. 공원을 돌며 이 따스한 봄볕과 푸른 하늘과 청량한 기운이 모조리 아내에게 깃들길

기원해본다. 네잎 클로버도 찾아본다. 이번 주말엔 아내와 지난 3년을 기념해야겠다는 생각을 한다. 좋은 곳에서 좋은 시간을 보내야지. 음식은 아무래도, 순댓국을 먹어야 할까.

아주

가까운

타인

내게 주어졌지만 내가 좌우할 순 없는 일들이 있다. 회사 생활도 그렇다. 회사는 말이 아닌 숫자로 지시한다. 내 이름 옆에 매출 목표를 기록해둔다. 내가 팔아야 하는 책의 양은 1년에 몇 백억 단위. 그러나 목표 달성 여부는 내가 노력한 정도와 꼭 비례하진 않는다.

도서 판매는 여러 요인에 영향을 받는다. 드라마에 소개된 책이 화제가 되거나, 유명 작가의 신작이 출간되거나, 대통령의 인기가 어마어마하면 관련 도서의 매출이 올라간다. '페미니즘' 같은 담론의 부상이나 '1인 가구의 증가' 같은 사회상의 변화도 일정한 역할을 한다. 이런 변화를 재빨리 읽고 관련 도서를 기획하는 출판사 역할도 빼놓을 수 없다. 출판사에서 새로운 책을 계속 내지 않으면 서점에 새로운 매출이 발생할 수 없다.

서점 MD는 더 많은 매출을 올리기 위해 노력한다. 새로운 변화가 도서 구매로 매끄럽게 이어지도록 재고를 잘 갖추고 출간 소식을 널리 알리고 굿즈나 이벤트를 기획한다. 그러나 나는 어디까지나 보조하는 입장이다. 매출의 큰 흐름은 앞서 말한 요소들이 좌우한다. 목표는 내 것이지만 목표를 달성할 수단은 내 손에 쥐여져 있지 않다.

아이를 키우는 일도 비슷해 보인다. 모든 부모는 아이를 잘 키워야 한다는 목표와 책임을 부여 받지만, 실제로 아이가 어떤 사람이 되느냐는 부모가 온전히 좌우할 수 있는 문제가 아니다. 아이의 성장 과정을 속속들이 들여다보고 그에 맞게 적절히 개입해 아이를 '올바른 인간'으로 길러낸다는 생각은 사실상 '환상'에 불과하다.

지안이는 만 22개월부터 어린이집에 다녔다. 사회생활이 시작된 것이다. 어린이집 선생님이 올려주시는 사진 속 아이가 반갑고 사랑스럽고 가끔은 낯설었다. 처음 어린이집에 감기약을 보낼 땐 걱정이 되었다. 아이가 약을 먹을 때마다 난리를 피웠기 때문이다. 버둥대는 아이의 팔다리를 결박하듯 붙잡고 겨우 벌린 입에 약을 흘려 넣곤 했다. 엄마 아빠도 잘 먹이지 못한 약을 과연 선생님이 잘 먹일 수 있을까. 이런 우

려가 무색하게 웬걸, 어린이집에선 약을 꽤 잘 먹는다는 얘길
들었다.

집에서 쓴 적 없는 말도 본 적 없는 행동도 급속도로 늘었
다. 늘 어지럽히기만 하던 아이가 무려 정리를 하고, 엄마가
아픈 날은 두 손 모아 예쁘게 기도도 했다. 반면 아빠에게 "하
지 마! 만지지 마!" 명령조로 큰 소리 치는 경우도 생겼다. 내
가 아내와 대화를 나누고 있으면 그 사이를 비집고 들어와 외
쳤다. "이야기하지 마!(나하고만 이야기해!)" 엄마 아빠가 수비
해야 할 범위가 빠르게 늘어갔다.

자신의 의사를 표현할 줄 아는 것은 물론 아이에게 꼭 필요
한 능력이다. 그 의사를 보다 사회적으로 표현할 수 있게 가
르치는 것은 부모에게 주어진 기본 역할이다. 하지만 아이가
어떤 말들을 꽤나 강한 어조로 하게 되는 맥락까지 속속들이
알 순 없으니, 아이의 마음을 어떻게 어루만지며 훈육해야 할
지 고민이 되었다. 아이에게 엄하게도 말해보고, 조곤조곤 설
명도 해보고, 행동을 제지하기도 했지만 이런 대처들이 아이
의 마음에 어떤 무늬를 그리는지는 부모라고 해도 도통 알 수
가 없었다. 결국 아이도 아주 가까운 '타인'이라는 것을 새삼
깨달았다.

　타인의 삶을 계획표대로 인도하기란 사실상 불가능한 일이다. 정규 교육과정을 거쳐도, 심지어 대한민국에서 붕어빵 찍어내기 같은 교육을 받아도, 사람들은 모두 저마다 다른 모습으로 자란다. 부모가 아이에게 미칠 수 있는 영향은 어마어마하고, 그 의미를 축소함으로써 자신의 책임을 가볍게 만들어서는 안 되겠지만, 부모라고 해서 아이를 목표하고 계획한 대로 인도할 수단이나 권리를 가진 것은 아니다. 그런데, 그러면, 부모라는 사람들은 도대체 어떻게 살아야 하는 걸까.

　나는 이른 새벽에 자주 일어나 나만의 시간을 가져왔다. 아이가 너무 늦게 자는데 취침 시간을 어떻게 당길 수 있을지, 짧은 글과 얇은 책이 늘어나는 흐름에 어떻게 부응하고 한편으로 어떻게 버텨야 할지, 최저임금 인상이라는 올바른 정책이 영세 자영업에 미치는 안타까운 영향을 바라보며 시민으로서 어떤 입장을 지녀야 할지 등을 생각하는 시간이었다. 정신없이 하루하루 보내다 보면 지나쳐버릴 수 있는 것들을 조금이나마 생각해보려고 졸린 새벽에 나만의 시간을 마련했다. 아이가 두 돌을 지나고 세 돌을 향해 가면서는 아이의 마음을 이해하는 일과 사회성을 염두에 둔 훈육에 관심이 커졌다. 도움이 될 책을 읽고 생각을 정리하는 일에 나의 새벽을 한동안 오래 할애했다.

　그렇다고 아이의 감정을 다독이거나 훈육하는 방법에 관한 책을 본 것은 아니었다. 어떤 구체적 상황에 대한 해법을 찾기보다는 먼저 어떤 부모가 될 것인지, 어떤 태도로 아이를 대할 것인지 생각해보고 싶었다. 다소 추상적인 질문도 던져보고, 그래서 실용적이기보다는 어딘가 뻔한 가훈 같은 답을 얻을 뿐이라 해도, 그래야 부모에게 건네는 세상의 수많은 조언에 휘둘리지 않고 중심을 잡을 수 있을 것 같았다.

　장수연의 《처음부터 엄마는 아니었어》나 수 클리볼드의 《나는 가해자의 엄마입니다》 같은 책들을 읽어나갔다. 부모와 아이 역시 서로에게 '타인'이라는 사실을 수긍하는 부모들의 이야기에 눈이 갔고 그 부모들의 생각과 살아가는 모습으로부터 답을 얻고 싶었다.

　그리고 어느 새벽, 책장에 꽂혀 있던 책에 문득 눈이 갔다. 김연수의 에세이 《소설가의 일》이었다. 예술가들이 흔히 자신의 작품을 두고 '자식 같다'라고 하는 말이 기억났다. 소설을 쓰기 시작할 때 구상했던 이야기와 소설을 마쳤을 때 완성된 이야기가 다르다는 소설가들의 말도 떠올랐고, 이 말 속의 '소설'을 '아이'와 바꾸어도 말이 된다 생각했다. 어쩌면 이 책을 통해 배움을 얻을 수도 있지 않을까 하는 기대감을 안고 읽었다. 그리고 이 구절을 만났다.

타인을 이해할 수 없다는 걸 알면서도, 거기에 가 닿을 수
없다는 걸 알면서도, 이해하려고, 가 닿으려고 노력할 때,
그때 우리의 노력은 우리의 영혼에 새로운 문장을 쓰기
시작할 것이다. 우리는 타인을 이해할 수도 있고 이해하지
못할 수도 있다. 그건 우리의 노력과는 무관한 일이다. 하지만
이해하느냐 못하느냐는 전혀 중요하지 않다. 중요한 건 우리의
영혼에 어떤 문장이 쓰여지느냐는 것이다.

— 김연수, 《소설가의 일》(2014, 문학동네)

이 문장을 만난 후에 나는 이런 생각을 한다. 육아라는 긴
여정에서, 아이의 현재와 아이가 다다라야 할 모습 사이의 거
리를 계속 재기보다는, 그저 지금 할 수 있는 최선을 다했다
는 사실만으로 마음의 평정을 유지할 수 있는 사람이 되어야
겠다고.

아이를 좋은 모습으로 이끌고 싶은 건 자연스러운 마음이
지만, 부모가 이끄는 대로 아이가 자란다는 보장은 없고 부모
의 인도대로 자라는 게 꼭 좋다는 보장 또한 없다. 아이의 세
계는 부모만으로 구성되지 않는다. 부모의 시야가 미치는 면
적은 언제나 아이 삶의 영역보다 좁을 것이다. 그렇다면 부
모가 지녀야 할 태도란 부모의 최선과 아이의 최선은 다를 수

있다는 걸 담담하게 수긍하는 일이 아닐까. 최선의 노력이 (부모가 생각하는) 최선의 결과를 낳는 건 아니라는 사실을 기꺼이 받아들이는 사람만이 아이와 긴 소통을 해나갈 수 있지 않을까.

　나의 노력이 아이에게 가닿지 못할 수도 있다는 사실. 그럼에도 불구하고 노력하겠다는 마음. 부모로서의 내 삶은 이 사이에서 진동하게 되는 것일까. 그런 진동의 과정에서 내 영혼에는 어떤 문장이 새로 쓰일까. 조금 무겁고 두려운 한편으로 의욕과 기대도 솟아나는 마음으로, 아이가 잠든 새벽에 이 문장을 오래 매만진다.

◆

아이의 현재와 아이가 다다라야 할 모습
사이의 거리를 계속 재기보다는,
그저 지금 할 수 있는 최선을 다했다는
사실만으로 마음의 평정을
유지할 수 있는 사람이 되어야겠다고.

얄팍한 인간

거절하는 일도 고역이다. 부탁하는 입장에 비할 바는 아니 겠으나 매번 거절해야 하는 사람에게도 나름의 고충은 있다. 온라인 서점 MD에게 필요한 자질 중 하나가 '거절의 고충'을 견디는 힘이다. 책의 가치와 입지를 이해하는 일, 시장의 흐 름을 읽는 일, 적절하게 판매 계획을 수립하고 재고를 관리하 는 일보다 중요하지는 않다. 그래도 잘 거절하는 것은 MD에 게 빼놓을 수 없는 자질이다. 다른 능력들이 '책'이나 '출판사' 또는 '서점'을 위한 것이라면, 거절의 힘겨움을 견디는 능력 은 '나'를 위한 것이다. 타인의 부탁을 거절하는 일이 자꾸 쌓 이면 자신의 마음이 허물어지기 때문이다.

신간이 출간되면 출판사 마케터가 온라인 서점 MD를 찾아 와 '신간 미팅'을 한다. 책의 메시지와 매력을 어필한다. "이 책은 최소 10만 부는 팔릴 거라 확신해요." "작가님이 이번 책을 대표작이라 생각하신대요." "제가 이 책 읽다가 세 번이나 울었어요, 아 또 눈물 나려 한다니까요." 마케터들이 서점 MD에게 책을 소개하는 방식은 다양하지만, 부탁하는 내용은 대부분 같다. 판매가 시작되기도 전에 먼저 많은 부수를 주문해줄 것과 웹사이트에서 잘 보이는 자리에 책을 소개해줄 것. (이걸 '초도 수량'과 '메인 노출'이라 부른다.) 이 두 가지는 사실 한 가지 부탁이다. 잘 보이는 자리란 독자들이 구매할 확률이 높은 자리라 재고를 충분히 갖춰야 하기 때문이다.

초도 수량과 메인 노출에 대한 부탁은 끝없이 밀려온다. 한 권의 책이 출간되면 그만큼의 부탁이 함께 태어난다. 부탁은 대부분 노골적이지 않고 은근하다. 따끈따끈한 책을 사이에 두고 마주 앉으면 부탁이 밀려온다. 친근감 있게 바라보는 눈으로부터, 열정이 배어 다소 톤이 올라간 목소리로부터. 끝끝내 "다른 책보다 눈여겨봐주세요"라고 말하지 않는 정중한 태도에서도 부탁은 묻어난다. 그래, 사실 이것은 부탁이라기보다는 기대라 해야 할 것이다. 공들인 책을 세상에 내놓은 사람들이 품을 수 있는 정당한 기대. 아니, 어쩌면 책임감이라고 불러야 할까. 처음 출간되었을 때 독자의 눈에 띄지 못한 책이 시간이 지나 사랑받는 일은 100종 중에 한 종 나올까

말까다. MD에게 신간에 대한 관심과 주목을 요청하는 것은 달리 말하면 책에 대한 책임감일 것이다.

수많은 책 중 몇 권의 책을 골라내야 하는 입장에서 나는 늘 정당한 기대와 책임감을 배반하는 느낌이 든다. 누군가의 기대에 화답하지 못하는 일이 쌓이면 스스로 당당하기 힘들다. 누군가의 미움을 사고 있을 것이라 상상하는 일은 유쾌하지 않다. 상상이 틀리지 않음은 때로 현실에서 증명된다. 주문 부수가 적다거나, 원하는 자리에 노출되지 않았다는 항의가 드물지 않다. 때로는 거친 욕설과 고성으로 나의 안목과 자질을 폄하하는 전화를 받는다.

처음엔 나의 입장을 상대방에게 쏟아냈다. 아무리 좋은 책이라 하더라도 그 책만 좋은 책은 아니라는 사실을, 한 주에만 100여 종의 신간이 쏟아지는데 메인 코너에는 열 종 소개할 자리도 없는 내 입장을, 핵심 콘셉트와 타깃이 유사한 책들의 판매 추이를 봤을 때 책을 더 많이 주문하기는 힘들다는 현실을 납득시키려 했다. 때로는 한 개인의 안목과 자질에는 저마다의 한계가 있을 수밖에 없음을 받아들여달라고 부탁했다. 하지만 서로의 입장과 이해관계가 애초에 달라서 발생하는 문제다. 출판사는 '그 책'을 팔아야 하지만 서점은 '다른 책'을 팔아도 된다. 나는 출판사의 기대에 여전히 선별적으로

화답할 수밖에 없었고, 항의는 늘 비슷한 빈도로 꾸준히 이어
졌다.

같은 상황이 반복되자 굳이 힘 빼지 않게 되었다. 표정은
건조하고 냉랭하게, 말은 짧고 형식적으로, 시선은 마주치지
않고 책으로만 향하기. 조금 수용하기 힘든 부탁이 있을라치
면 먼저 날이 섰다. 무리한 부탁을 끈질기게 하는 이에겐 무
례하게 대하기도 했다. 애초에 상대가 기대감을 발산할 수 없
도록 딱딱한 껍질로 나를 덮었다. 늘 시간에 쫓기며 하는 업
무라 이런 태도가 효율적이기도 했다.

겉이 그렇다고 속도 딱딱했던 것은 아니다. 하루치 신간 미
팅을 마치고 나면 늘 진이 빠지고, 상대에게 냉랭을 넘어 무
례했던 날엔 스스로에게 실망했다. 내가 놓인 상황이 나를 이
렇게 만들었을 뿐 자책할 필요는 없다고 자주 다독였다. 내
잘못이 아니라고. MD가 처한 상황이 '거절'과 '딱딱함'을 요
구하는 것이라고.

MD는 게이트키퍼로서 갑의 역할이 있다. MD는 소수고
출판사는 다수다. 누군가는 걸러내야 하고, 그게 MD의
일이다. 기준과 상황에 따라 걸러내는데 걸러냄을 당하는
출판사 입장에서는 기분이 안 좋고 억한 심정과 억울함이 생길

것이다. 역으로 보면, MD는 출판사의 똑같은 요구나 요청을
수십 번 받는다. 업무 플로우를 간단하게 만들어놔야 시간 덜
쏟고 다른 일을 할 수 있으니 늘 정해진 답변을 하고, 노출이
안 됐다는 출판사 하소연에 이유를 구구절절 설명하지 않는다.
— 은유 인터뷰집,《출판하는 마음》(2018, 제철소)

이런 구절을 읽으면, 나만 그런 건 아닌가 보다, 하며 어지
러운 마음이 수습된다. 다른 MD들의 고백이 나를 안심시킨
다. 그런데 '상황이 나를 그렇게 만들었을 뿐'이라는 위로도
때로는 의심하게 될 때가 있다.

사실 나는 '거절의 고충'을 벗어난 지 3년 정도 되었다. 담
당 업무가 바뀌면서다. 내가 지금 응대하는 거래처는 책을 대
량으로 구매하는 기업, 학교, 관공서, 책방 등이다. 판매를
성사시키기 위해 부드럽게 응대해야 한다. 정 안 되는 건 안
된다고 말하지만, 약간 과하다 싶은 요구도 가능한 한 들어준
다. 거절하는 것이 고충이 아니라 일의 성사 여부가 고충이
다. 나는 딱딱한 껍질을 훌러덩 벗었다. 상황이 바뀌니 정말
나도 바뀌었다.

그런데 이상하게도 "지난날의 나는 확실히 상황 탓이었구
나"라는 생각이 들지 않는다. 그렇게 믿고 싶지만, 불행히도

어떤 찜찜함이 가로막고 있다. 부드러워진 나를 보며 안도하고 싶은데 오히려 또 다른 형태의 자괴감이 들기도 한다. 상황이 나를 힘들게 하긴 했지만 내가 할 수 있는 만큼의 노력도 충분히 기울이지 않았다는 사실을, 내 안의 내가 인식하고 있어서 그런 것 같다. 그렇지 않다면 왜 '상황과 여건'에 책임을 시원하게 돌리지 못하겠는가.

상황과 여건이 개인에게 부과하는 압력을 인식하는 것은 모든 책임을 개인에게 귀속시키는 일보다 진일보한 태도다. 어떤 일에 '한 개인의 책임'을 강조하는 일은 늘 조심스러워야 한다. 하지만 태도의 올바름에 기대어 자기 몫의 책임으로부터 눈 돌리는 일은 진일보했던 걸음을 다시 반걸음 되돌리는 일이다.

스스로 떳떳하지 못한 나는 '상황과 여건'을 온전히 탓하지 못하고 다시 '나의 탓'을 돌아본다. 상황에 휘둘리며 딱딱하게 굴던 내 모습도 진짜 내 모습이라 인정할 수밖에 없다. 솔직히 말해서, 나는 참 인격이 얄팍한 인간이구나, 인정하니 비로소 마음속 찜찜함이 사라졌다.

폐는 끼치지
않으려고요

　몇 해 전 한 아파트 단지에 붙은 안내문이 화제였다. '최고의 품격과 가치'를 위해 지상에 택배 차량의 진입을 통제한다는 내용이었다. 택배사에 공문을 보내 지하 주차장 이용을 권했다지만 지하 주차장 진입로의 높이(2.1~2.3미터)는 택배 차량의 높이(2.5~3미터)보다 낮은 상황. 결국 지상에 차량 진입을 통제한다는 것은 택배 기사에게 카트를 이용해 도보로 배달하라는 요구와 마찬가지였다.

　넓은 단지를 도보로 배달하는 것은 일이 확연히 힘들어진단 뜻이다. 또한 한 단지에 오래 발이 묶인다는 뜻이다. 정해진 급여 없이 배송 건당 수수료를 받는 택배 기사들에겐 일은 힘들어지는데 도리어 소득은 줄어드니, 괴이한 제안이었다. '최고의 품격과 가치'를 위해 택배 기사의 노동 강도를 올리고 소득은 낮추겠다는 계획을, 심지어 조심스러운 기색도 없이 써 붙인 이 아파트는 언론의 비판과 사람들의 분노와 마주해야 했다. 결국 아파트 입주민과 택배사는 갈등이 불거진 지 6개월 만에 아파트 내 특정 공간에 택배 기사가 거점 배송을 하는 것으로 합의를 했다.

택배 기사의 노동을 세심히 생각해볼 기회가 있었다면 적어도 그런 식의 안내문은 안 붙이지 않았을까. '배달받는 마음'은 익히 알지만 '배달하는 마음'은 헤아려본 적 없는 '무지'가 어쩌면 이 사태의 본질은 아닐까.

택배 차량 진입 금지 사례도 그렇고 최저임금 인상에 따른 경비원 해고 사례도 그렇고, 최근에는 '아파트 단지발' 사건들이 유독 도드라진다. 너무 큰 비용을 들여 구매하거나 전세를 들어 살아서 그런 걸까. 가진 것을 탈탈 털어 넣고, 적지 않은 대출까지 당겨서 넣었는데, 생활하는 데는 또 나름의 비용과 불편이 생긴다는 걸 받아들이기 어려운 것일까. 하지만 엄연하게도 아파트로 물건을 배달하고, 단지를 관리하는 사람들은 분양 대금을 입금받은 건설사가 아니다. 택배 기사와 경비원 등 자신의 노동으로 생계를 꾸려가는 사람들이다. 이들의 생활에는 아랑곳하지 않은 채 그저 편안하고 윤택한 서비스를 제공하라는 사람들에게도 '마음'이란 것이 있을까. 다른 사람의 일을 헤아리려는 마음. 다른 사람을 염려하는 마음.

　미디어를 통해 이런 사건들을 접하면 이렇게 마음에 날이 서지만, 정작 내게 '다른 사람이 일하는 마음을 헤아려본 적 있느냐'고 물어본다면 나도 사실 부끄러운 일이 많다. 아파트 단지발 사건들이 강렬하고 극단적이어서 그렇지 나 역시 타인의 노동이 그저 내가 세운 계획에 알맞게 귀속되기만 바란 일이 허다했기 때문이다. 화제가 된 아파트의 경우에도 일부의 말과 행동이 부각되었을 뿐, 단지 내 입주민 대다수가 그렇게까지 나쁜 의도를 품지는 않았을 것 같다. 그들과 나 사이의 거리가 대단히 멀까. 솔직히 말해서 나도 타인의 처지와 노동을 세심히 헤아리지 못한 사람이었다.

　굿즈 제작 일정을 맞추기 위해 외주 거래처에 시안을 요청하면서 마감 날짜를 촉박하게 제시하기도 하고, 이벤트 계획을 출판사 마케터와 서로 합의해놓고도 재차 수정을 요청한 것도 여러 번이었다. 증빙 서류를 미처 다 갖추지 못한 채 자금 부서에 급히 지불을 요청해 담당자를 곤란하게 하기도 했다. 그 뒤에는 갑작스레 야근해야 했던 외주 거래처 디자이너의, 다른 일이 밀려오는 와중에 한 번 확정한 일을 번복해야 하는 출판사 마케터의, 사업 부서의 요청과 소속 부서의 운영

원칙 사이에서 마음을 쓰고 예외 사례를 처리하려고 시간을 들여야 했던 자금 담당자의 고충이 있었을 것이다.

업무 일정의 갑작스런 변동과 예외 사례의 등장은 다른 업무 일정에 영향을 미치고, 무엇보다 업무 바깥의 일상에 영향을 미친다. 그저 업무 요청을 했다 해도 상대에게는 업무 외의 일상이 있을 테니, 사실 폐를 끼친 것이었다. 갑자기 치고 들어오는 일 때문에 하던 일이 흐트러지고 퇴근 후 약속을 급하게 취소하며 사과하는 상황은 누구보다도 내가 가장 싫어한다. 그래서 누군가의 일정을 내가 흔들었던 기억은 떠올리는 것만으로도 낯이 뜨겁다. 스스로 분노하는 일을 다른 사람에게 저질렀다는 사실을 누가 알까 두렵다. 그 외에도 많은 폐를 끼쳤다. 내가 잊어버린 사례도 많을 것이다.

'제작 일정'을 맞추는 것이나 '기획의 완성도'를 높이려는 노력은 당연하고 중요한 일이다. 하지만 MD의 능력이란 책을 많이 팔거나 좋은 책을 소개하는 것뿐 아니라, 타인의 노동에 끼칠 영향을 세심히 고려하며 일을 성사시키는 것도 포함된다고 다시금 생각해본다. 물론 쉬운 일은 아니고, 당장 내일부터 또 누군가에게 폐를 끼치게 될지도 모르지만.

은유의 인터뷰집 《출판하는 마음》에는 편집자와 저자, 번역자, 북 디자이너, 출판 제작자, 출판 마케터, 온라인 서점

MD, 서점인, 1인 출판사 대표의 이야기가 실려 있다. 이 모두는 한 업계에서 서로 연결된 존재이지만 사실 서로에 대해 잘 모른다. 특히 온라인 서점 MD인 나는 이미 완성된 책을 전달받는 존재이다 보니 책이 만들어지는 과정은 알기가 힘들다. 그저 거래 관계가 있는 출판사의 담당자(마케터 또는 대표)와 책을 파는 일에 대해 협업할 뿐이다. 이 책을 통해 비로소 다른 사람들의 노동이 어떤 환경에서 어떤 방식으로 이뤄지며, 책 한 권이 팔리는 것이 이 모든 사람들의 생활에 얼마나 중요한지 보다 구체적으로 깨닫게 되었다. 나의 일은 나와 회사만의 일이 아니라, 이 모든 사람들이 관계하는 과정 중 하나라는 생각을, 독자뿐만이 아니라 이 모든 사람들을 염두에 두며 일해야 한다는 생각을 새삼 하게 되었다.

> 자본주의사회의 세포 격인 상품을 우린 거의 모르고 사용한다.
> 농사짓는 과정을 경험하지 못하고 쌀을 얻어 밥을 먹고,
> 옷 만드는 사람의 처지와 얼굴을 모르고 옷을 사서 입는다.
> 결과물만 쏙쏙 취하니까 슬쩍 버리기도 쉽다. 그렇게 편리를
> 누릴수록 능력은 잃어간다. 물건을 귀히 여기는 능력, 타인의
> 노동을 존중하는 능력, 관계 속에서 자신을 보는 능력.
> — 은유 인터뷰집, 《출판하는 마음》(2018, 제철소)

이 책의 독자를 출판-서점업계 종사자로만 한정할 필요는 없을 것 같다. 원래 남의 업계 이야기는 들어보면 좀 재밌기도 한 법이고, "일로 연결된 다른 이들의 노동과 처지를 헤아려보자"는 메시지는 업계와 직무를 초월해 곱씹어볼 만하다. 어떤 일이든 일을 하고 있다면 한 번 읽어보면 좋을 것 같다. 마침 출판사 제철소는 《출판하는 마음》에 이어 《문학하는 마음》을 출간했고, 앞으로 계속 '일하는 마음' 시리즈를 낼 계획이라고 한다.

나는 앞으로 이 시리즈를, 다른 업계의 이야기를 손꼽아 기다려보려 한다. 누군가의 '일하는 마음'을 읽으며 계속 곱씹어보려 한다. 가급적 폐는 끼치지 않겠다고 다짐하며. 특별한 경우가 아니라면 우리는 대개 누군가와 얽혀 일하는 인생이니까.

누군가의 '일하는 마음'을 읽으며
계속 곱씹어보려 한다.
가급적 폐는 끼치지 않겠다고 다짐하며.
특별한 경우가 아니라면
우리는 대개 누군가와
얽혀 일하는 인생이니까.

나보다

나았으면

눈물이 많아졌다. 아이를 떠나보내는 장면이 책에 나오면, 몸이 아픈 아이들 얼굴이 텔레비전 화면을 가득 채우면 여지없이 울컥한다. 한여름 어린이집 차량에 방치되어 사망한 네 살 아이 기사를 읽었던 날엔 눈물이 그렁그렁한 채 납품 주문을 처리했고, 서울의 한 유치원 건물이 무너졌단 소식을 포털 메인에서 발견한 날엔 발을 동동 구르며 스크롤 바를 내려야 했다. 다행히 희생자가 없다는 사실을 확인하고서 안도의 눈물을 떨궜다. 아이가 태어났다는 사실만으로 이런 변화가 일어날 수 있다는 사실이 그저 놀랍다. 아이와 그 부모들의 마음이 상상되면서 타인과 나 사이 경계가 일순간 허물어진다.

이렇게 우는 나는 낯설다. 한때 나는 울지 않는 내가 고민되기도 했다. 왜 나는 할아버지와 할머니의 장례식에서 홀로 눈물을 흘리지 못했는지, 다른 형제들보다 슬픔이 덜한 것인지, 그렇다면 지금 내 가슴의 묵직한 감정은 무엇인지 도통 설명을 할 수 없었다. 왜 드라마를 보다가는 훌쩍이면서 일터를 잃은 사람들과 살던 집에서 쫓겨난 사람들을 보고는 눈물을 흘리지 못하는지도 고민이었다. 다른 사람들에게 보이는 것은 나의 슬픔이 아니라 눈물이므로, 눈물을 흘리지 않는다는 사실이 어떻게 받아들여질지를 두고도 생각을 길게 해야 했다. 물론 생각을 한다고 눈물이 흐르지는 않는다.

타인의 고통에 관해 생각하다가, 이런 갑작스런 변화에 놀라워하다가, 부끄럽게도 생각은 자기만족으로 이어진다. 다른 사람의 고통에 온 마음으로 공감하고 있는 내가 슬쩍 괜찮게 여겨지는 것이다. 그렇게 누군가의 고통조차 자기만족의 근거로 삼아버리는 무례를 내 안에서 저지르곤 한다. 이 무례를 자각하는 순간 다시 예를 차릴 수 있으면 좋으련만, 무례라는 걸 인식하며 스스로를 비판적으로 점검하는 자신이 또 흡족하다. 이쯤 되면 내가 과연 온 마음으로 공감하긴 했는지, 내게 정말 변화가 일어났는지 의심스럽다. 내 눈물이 의심스럽다.

눈물은 금방 마른다. 미디어에 나열된 이미지와 누군가의 고통을 알리는 기사를 보고 나는 슬픔과 분노의 눈물을 흘리지만, 눈물을 흘리기 전의 나와 흘린 후의 나는 달라진 데가 없다. 현실을 개선하는 데 도움 되는 일에 일상의 미미한 시간조차도 거의 할당하지 않는 것이다. 그러니까 내가 눈물을 흘리는 행위는 '미량의 액체가 안구를 통해 체내에서 체외로 빠져나왔다'는 의미 이상을 지니지 못한다.

공공 의료나 보육 정책, 교육 정책같이 아이들의 삶에 중요한 결정이 내려지는 순간에도 나는 그저 건조하게 뉴스를 훑을 뿐이다. 정책과 제도가 충실하지 못할 경우, 해당 지대에 속한 사람들은 상당 기간 어려운 상황에 놓이는데, '정책'과 '제도'라는 복잡한 '논의'는 '사건'이라는 '스토리'와 달리 내 눈길을 오래 사로잡지 못한다. 강물이 하류에 이르러서야 풍부한 유량을 뽐내듯 내 눈물도 정책과 제도가 놓인 상류가 아닌, 하류의 비극적인 사건 앞에서만 봇물 터지듯 하는 셈이다. 그러니 이런 내가 못마땅하고, 타인의 고통을 자기만족의 자원으로만 소모하고 있다는, 반박할 수 없는 자각에 이르게 된다.

나는 늘 '좋은 시민'이 되기를 꿈꾼다. 비극적인 현실이 펼쳐지기 전에, 아직 어떤 문제가 상류에 있을 때 충분한 관심을 가지고 공부도 하고 동료 시민과 함께 영향력을 미칠 수 있는 방안을 강구하는 것을 일상의 중요한 부분으로 삼고 싶다. 어떤 단체를 후원할 수도 있고, 함께 공부하는 모임을 할 수도 있고, 때로는 동네에서 촛불을 들 수도 있을 것이다. 현실에 영향을 미치기엔 미약한, 몇몇 개인의 작은 행동에 그치더라도, 안 하는 것보다는 나을 노력을 지속적으로 하고 싶다. 사건 하나하나에 일희일비하기보다, 문제의 상류를 오래 바라보며 지속적으로 작은 노력을 쌓아가고 싶다. 이런 삶을 정착시킨 연후에야 비로소 타인의 고통에 무례하지 않게 공감한다는 생각을 할 수 있지 않을까. 내 눈물의 무례를 씻기 위해서는 이런 삶을 오롯한 나의 과제로 삼아야 한다. 오롯한 나의 과제로.

그런데 아이가 태어나자 슬쩍 끼어드는 생각이 있다.

"내 아이는 나보다 나았으면……."

왜 아이에게 생각이 이어지는지 모르겠지만, 나도 모르게 아이의 미래를 자주 떠올리게 된다. 막연하게는 '어느 방향으로든 잘 자라면 괜찮다'고 생각하지만 아이와 시간을 보내다 보면 내가 원하는 아이의 모습이 꽤 구체적으로 자리 잡고 있는 걸 느낀다.

'공놀이를 잘하면 좋겠어. 캐치볼은 물론 둘이서 족구도 할 수 있으면 좋겠지. 대형 쇼핑몰이나 테마파크뿐만 아니라 적막한 폐사지를 사랑할 수 있는 아이였으면. 요즘은 유튜브와

스낵컬처(과자를 먹듯 5~15분의 짧은 시간에 문화 콘텐츠를 소비하는 문화) 시대라지만 우리 아이는 대하소설에 흠뻑 빠져들 수 있기를.' 우후죽순 바람이 샘솟는다.

거기에 이런 거창한 바람도 덧붙는다. 타인의 고통에 깊이 공감할 수 있는 사람이 되었으면. 눈앞만 바라보기보다는 어떤 문제의 상류를 오래 바라보는 사람이 되었으면. 이익을 좇기보다는 뜻을 좇는 사람, 시류를 따르지 않을 때 생기는 불안감을 스스로 감당할 수 있는 사람이 되었으면.

돌아보면 모든 게 나로부터 비롯된다. 공놀이는 내 어린 시절 추억의 큰 부분이고 관광지보다 유적지를 선호하는 건 내 여행 취향이다. 초등학교 시절 내내 매일 학교에선 축구, 동네에선 야구를 했던 나는 공놀이를 제외하면 초등학교 친구들과 함께한 추억이 거의 없을 정도다. 시청 축구팀의 일원이었던 아버지와 새벽 운동을 하며 공을 주고받았던 일도 각별히 아련하게 남아 있다. 내가 자란 도시에 산처럼 큰 무덤과 융성했던 옛 절의 주춧돌들이 가득한 덕인지, 나는 옛 성곽의 흔적과 모서리가 닳은 비석과 쓸쓸해져버린 절터에 깃든 이야기를 좋아한다. 거기에 깃든 분위기를 사랑한다.

어떤 미디어보다 책을 윗자리에 두는 고집 덕에 내가 원하는 아이 모습과 대하소설을 나란히 두게 되었다. 나도 아내도 어려서부터 혼자의 시간을 '책과 보낸 시간'으로 채웠던 경험 역시 한몫을 한다.

소시민의 삶을 넘어서고 싶어 하는 아빠의 과제로 인해 아이의 마음이 더 강건하길 바라게 되었다. 이익보다는 뜻을 좇고, 시류를 따르지 않는다는 것은 많은 불안감을 동반한다. 마음이 강건하지 않고서는 쉽지 않은 일이다. 지금의 나는, 불안과 두려움 속에서 세상의 흐름을 그저 뒤따르며 살고 있지만 아이는 그러지 않길 바라게 된다.

그러고 보면 나는 내 취향을 닮은 한편 나의 부족한 면은 극복한 존재로 아이의 미래를 그리고 있는 셈이다. 일종의 자기투사이자 나의 과제를 아이의 과제로 떠넘기는 일이다.

아이의 미래를 그려보는 것도 아이가 나보다 낫길 기대하는 것도 자연스런 일이다. 내가 아이에게 바라는 모습이 아이에게 권할 만한 가치가 없는 것도 아니다. 하지만 어디까지나 내 삶은 나의 몫이고 아이 삶은 아이 몫이다. 부모는 가능한 만큼 넓은 여백을 주고, 아이는 자기 마음에서 피어 오른 것들로 인생을 채워가야 한다. 스스로 겪고 느낀 것만이, 결정적으로 삶에 깊이 뿌리내리므로.

아이에게 많은 걸 바라는 부모의 마음이 영향력을 키우지 않도록 조심하고 싶다. 나보다 나았으면, 그러나 나로부터 자유로웠으면.

> 인간은 무엇에서건 배운다. 그러니 문학을 통해서도 배울 것이다. 그러나 인간은 무엇보다도 자기 자신에게서 가장 결정적으로 배우고, 자신의 실패와 오류와 과오로부터 가장 처절하게 배운다. 그때 우리는 겨우 변한다. 인간은 직접 체험을 통해서만 가까스로 바뀌는 존재이므로 나를 진정으로 바꾸는 것은 내가 이미 행한 시행착오들뿐이다.
>
> ― 신형철, 《슬픔을 공부하는 슬픔》(2018, 한겨레출판)

각자의 최선이

우리의 최선

도망가면서 도마뱀은 먼저 꼬리를 자르지요

아무렇지도 않게

몸이 몸을 버리지요

잘려나간 꼬리는 얼마간 움직이면서

몸통이 달아날 수 있도록

포식자의 시선을 유인한다 하네요

최선은 그런 것이에요

—이규리,《최선은 그런 것이에요》수록작 〈특별한 일〉 중에서

　(2014, 문학동네)

　최선이라는 말은 엄격하다. 나름 열심히 노력했다 해도 내가 최선을 다했는지는 자신하기 어렵다. 돌아보면 늘 조금은 더 열심을 쏟을 여지가 있었으니까. 최선이라는 기준을 일단 세워놓으면 결코 삶이 거기에 미치지 못할 것만 같다. 몸의 일부를 잘라낼 정도로 절박한 걸 최선이라 한다면 더구나 그렇다.

　그럼에도, 최선이라는 말 앞에 내 삶을 세워보는 걸 좋아한다. 결코 닿을 수 없더라도 조금 더 가까이 다가가려 마음먹는 각오의 시간이 내겐 필요하다. 이규리의 시집 《최선은 그런 것이에요》를 몇 차례나 펼친 것도, 〈특별한 일〉이라는 시에 자주 시선을 고정한 것도 그런 이유에서 비롯되었다.

　최선이라는 말을 좋아하므로 늘 주의를 기울이려 한다. 굉장히 엄격한 말이라 타인에게 함부로 들이밀면 안 된다. 몸의 일부를 잘라낼 만큼 열심히 했느냐고 타인에게 묻는 일은 끔찍하다. 시인이 말하려는 바도 우리 각자 스스로를 돌아보자는 것이지 타인에게 그 잣대를 들이대자는 건 아니다. 최선이라는 잣대를 엄격히 들이대는 것은 어디까지나 자신에게 국한된 일이어야 한다.

　지난 추석에 아이가 아팠다. 병원에 못 가서 일단 해열제만 먹였는데, 열은 잠깐 내렸다 다시 올랐다. 차례를 지낸 후 축 처진 아이를 데리고 KTX로 귀경했고, 서울역에 도착하자마자 병원으로 향했다. 택시로 30~40분 거리에 문을 연 병원이 있었다. 진료를 받고 처방받은 약을 먹이자 다행히 차도가 있었다. 열이 완전히 떨어지진 않았지만 39도를 넘어가지는 않게 되었다.

연휴가 끝나 나는 출근을 해야 했고, 며칠을 더 쉬는 아내가 동네 이비인후과에 데려가기로 했다. 나는 아내에게 이전 병원에서 처방한 내역을 동네 병원의 의사에게 보여주었으면 한다고, 동시에 이전 병원에도 전화해 아이의 예후를 알려주고 이후 처방에 대해 문의해달라고 당부했다. 이전 병원의 처방이 동네 병원의 통상적 처방에 비해 해열제 복용량이 많고 복용 주기도 잦은 편이었기 때문이다. 이전 병원의 처방이 열을 완전히 낮추진 못했으니 비교적 강한 처방을 계속 유지해야 할지, 조금은 열이 떨어졌으니 해열제 강도를 낮춰도 될지 궁금했다. 해열제를 복용하다 아이가 저체온증을 겪은 적이 있어 걱정이 되었다.

오후에 아내에게 전화하니 내가 부탁한 것들이 이뤄지지 않았다. 그리고 새로 처방받은 해열제 용량이 생각보다 많았다. 게다가 이부프로펜 계열. 이부프로펜 계열의 해열제가 지안이의 저체온을 불러온 적이 있어서 가급적 피하던 터였다.

저체온의 경험을 이야기하면 의사들은 상황에 따라 다른 종류의 해열제를 처방하거나 투약량을 조금 줄여주기도 했다. 그런 가능성을 기대했던 나는 아쉬움에 한숨을 크게 내쉬었고 그 한숨은 아내에게 질책의 의미로 받아들여진 듯했다. 전화 건너편에서 아내의 마음이 무거워지고 있는 게 느껴졌다.

퇴근 후 돌아오니 지안이는 새로 받은 약을 먹고 36도대의 체온을 유지하고 있었다. 얼굴색도 다소 창백했다. 시간이 조금 흘러 다시 약 먹을 시간이 돌아왔을 때도 체온은 그리 오르지 않았다. 평소 이 정도 열이라면 해열제를 먹이지 않을 텐데, 의사가 하루 네 번을 먹이라 했고, 체온이 떨어진다 싶어도 계속 먹여야 한다고 강조한 것이 신경 쓰였다. 우리는 고민했지만 끝내 의사의 권위를 무시하지 못했다. 약을 먹였고, 약 기운이 돌자 지안이는 역시나 울부짖기 시작했다. 체온계의 숫자는 35도대까지 떨어졌다. 이런 상황을 예상하지 못한 게 아니라서 마음이 너무 괴로웠다. 자책하고 자책하며 한숨을 푹푹 쉬었다. 아내의 마음은 더 무거워졌을 것이다. 처방을 잘못 받아왔다고 내가 질책하는 것으로 느꼈을 것이다.

한 시간가량 지나 아이는 울음이 잦아들고 지쳐 잠들었다. 아내의 무릎을 베고 여전히 훌쩍이며 자는 아이가 짠했다. 그리고 아내의 얼굴이 눈에 들어왔다. 아이가 잠들었는데도 아내의 시선은 한참을 미동 없이 아이에게 머물러 있었다. 고개를 들기까지 시간이 오래 걸렸다. 그렇게 정지된 듯 한참의 시간이 흐르는 사이, 아내에게 드리워진 그늘에 내가 대체 얼마나 많은 어둠을 더했는지를 헤아려보다, 나는 고개를 숙여야 할 사람은 나라는 걸 깨달았다. 낯이 뜨거웠다. 아내의 눈을 마주보기 힘들었다. 그날 밤은 유난히 무겁고 느리게 흘러갔다.

나의 당부를 의사에게 전했다 하더라도 의사가 처방을 바꾸었을지는 알 수 없다. 아이의 체온은 38도 후반대라 이부프로펜을 쓰지 않을 수는 없었다. 처음 병원에서도 이부프로펜을 다른 해열제와 교차 복용하는 방식으로 처방했다. 그렇게 해서 내려간 체온이 38도대였으니, 완전히 떨어뜨리려면 약의 함량을 더 높이는 게 자연스러운 수순이긴 했을 거다. 나의 당부는 혹시나 다른 방법이 있었으면 하는 막연한 바람일 뿐이었고 그리 합리적인 것은 아니었다. 그런데도 나는 그 막연한 바람이 현실이 되지 않았다는 이유로 아내의 마음을 무겁게 한 것이다. 내 행동을 깊이 뉘우쳤다.

아내는 주어진 상황에서 할 수 있는 최선을 다했다. 뒤늦게 하루 이야기를 들어보니 지안이는 병원에 가기 전부터 나가기 싫다며 발버둥을 쳤고 병원에서도 약국에서도 울어댔다. 밥 먹이고 약 먹이고 씻기고 옷 입혀 병원에 데려가는 것만으로도 진이 빠질 상황이었고, 아내는 우는 아이를 달래며 정신없이 의사와 상담을 했을 것이다. 더 물어보기는커녕 의사의 설명에 집중하기도 쉽지 않았을 것이다. 그런 상황을 나도 예전에 충분히 겪어놓고도, 아내의 최선이 내가 당부한 것과 달랐다는 이유로 자책하게 한 셈이다. 상황을 고려하지 않은 당부는 당부가 아니고, 우리가 상대에게 요청할 수 있는 최선은 언제나 '그 상황에서 가능한 최선'에 머물러야 한다는 사실을 외면한 행동이었다.

한편 '그 상황에서 가능한 최선'이라는 말조차 아내에게만 들이밀 것은 아니었다. 나는 회사에 있고 아내 혼자 정신없는 상황에서 일을 처리해야 했던 것 자체가, 우리가 함께 내린 최선의 판단에 따른 행동이었다. 아내가 행한 것은 어디까지나 아내의 최선이 아니라 우리 가족의 최선이었다. 최선은 최종 행위자에게만 묻는 것이 아니다. 가급적 많은 것들을 함께 상의하겠지만, 앞으로도 아내나 내가 서로 상의할 여유 없이 판단하고 행동해야 할 때도 있을 것이다. 하지만 그 상황에서의 대처도 각자가 자신의 최선을 다한 게 아니라 우리 두 사람의 최선을 각자가 다한 것이라 생각한다. 각자의 최선이 바로 우리의 최선이다.

아이도 그렇게 대하고 싶다. 자라면서 부모의 눈에 부족해 보이는 모습이 얼마나 많을까. 하지만 그게 당시 아이로서는 최선의 판단이고 최선의 노력이었다는 것을, 아이가 받아든 결과는 아이 혼자만의 결과가 아니라 가족이 함께한 일상에서 발현된 최선의 결과라는 것을 잊지 않으려 한다. 가족과 가족 사이에서, 어쩌면 사람과 사람 사이에서, 최선이란 그런 것이 아닐까.

각자의 최선이 우리의 최선. 어둠이 완전히 눈에 익을 즈음 떠오른 이 말을 오래, 오래 되뇌었다.

최선이라는 말을 좋아하므로
늘 주의를 기울이려 한다.
굉장히 엄격한 말이라 타인에게
함부로 들이밀면 안 된다.

조용,

지금 아이가 말한다

아이가 말을 하지 못할 때는 어서 말을 했으면 싶었다. 울음소리만으로는 자고 싶은지, 배가 고픈지, 기저귀를 갈아야 할지 파악하기 쉽지 않아서였다. 아이도 제 요구를 정확히 전달하기가 어려웠을 터다. 아이가 말을 할 수 있게 되자 확실히 많은 일이 수월해졌다. 무엇이 필요한지도 알 수 있고, 왜 기다려야 하는지 상황을 이해시킬 수도 있다.

하지만 말을 한다고 아이의 마음을 온전히 알 수 있는 건 아니다. 말은 마음으로 향하는 길이지만 일직선이 아니고 꽤 복잡한 미로다. 그 미로를 잘 통과해서, 나는 아이의 마음에 가닿고 싶다.

하루는 지안이와 블록 놀이를 하고 있었다. 지안이는 악어 집을 만들고 아빠는 곰 집을 만들어주기로 했다. "아빠, 벽돌

집으로 지어주세요.” 아기 돼지 삼형제 책을 읽은 후로 지안이는 우리 집은 나무로 지었는지 벽돌로 지었는지 이따금 물어본다. 친구들 집도 튼튼하게 지어주었으면 하는 바람을 품고 하는 말이다.

　의뢰인의 주문을 잘 접수하고 나는 튼튼한 벽돌로 짓겠다고 약속했다. “벽돌을 차곡차곡 잘 쌓고 있어요”, 보고해가면서 블록을 끼운다. 그런데 지안이가 나를 골똘히 지켜보더니 갑자기 “그건 곰 집에 있으면 안 되잖아”라고 말했다. 아니 뭐가? 나는 그저 평범한 블록들로 만들었을 뿐인데.

　“지안아, 곰 집에 있으면 안 되는 게 어떤 거야?”

　“이거.”

　“이게 뭔데?”

　“꼬꼬자.”

　“응?”

　“꼬꼬자.”

　“그게 뭐야?”

　“꼬꼬자!”

　“요 갈색 블록?”

　“아냐.”

　“요 울타리 블록?”

"아냐."

"그럼, 요 세모 블록?"

"아냐아냐, 그거 아니야!"

끝내 지안이가 무얼 말하는지 알아내지 못했다. 지안이는 "아빠가 내 말 못 알아들어" 하면서 엉엉 운다. 나는 억울했다. '지안아, 듣는 사람이 잘 알아들어야 하는 게 아니고, 말하는 사람이 잘 알아듣게 말해야 하는 거야'라고 말하고 싶었다. 상대가 자신의 의도를 단박에 이해하길 바라기보다 자신이 상대가 이해할 수 있도록 맞춰가는 태도가 좋다고 생각한다. 무례할 정도로 내 얘기를 귀담아듣지 않는 경우가 아니라면, 가급적 상대의 눈높이에 맞게 더 상세히 전달하려 애써야한다고, 그걸 지안이에게 알려주려다 입을 다물었다.

이제 네 살인 아이에게 무려 이런 가르침을 주려고 생각했다니. 사실 나는 억울했다기보다 부끄러웠던 것 같다. 워킹파임에도 아이와 많은 시간을 보낸다 자부하는 터에, 아이의 말을 알아듣지 못했다는 게 부끄러워 아이와 잘잘못을 따지려든 셈이다. 부모의 '가르침'으로 포장하려 했지만 실은 내 자부심에 대한 공격으로 인지하고 방어 태세를 취한 것이다. 네살 아이 앞에서 내가 얼마나 우스꽝스러운 어른인가를 너무늦지 않게 깨닫고 입을 다문 게 천만다행이었다.

유아기 아이들의 발음은 때로 정확하지 않다. 아이의 말을 이해하려면 발음에 귀 기울이는 것도 중요하지만 아이와 함께 보낸 시간의 총량이 더 중요하다. 아이가 어떤 대상을 어떻게 부르는지 옆에서 지켜본 경험이 쌓여야 아이의 부정확한 발음도 해독 가능한 언어가 된다. 그러니 내가 아이에게 주어야 하는 것은 '가르침'이 아니라 '함께 보내는 시간'이었다. 그저 자연스럽게 아이 옆에 있으면서 귀를 기울이면 되는 것이었다. 아마 그때 아내가 있었다면 지안이의 말을 알아들었을 것이다.

나중에 물어보니 '꼬꼬자'는 '꼬꼬닭'이었다. 닭 그림이 그려진 블록이 곰 집에 있으면 닭이 곰에게 잡아먹히니까 거기 있으면 안 된다는 얘기였다. 그런 예쁜 마음을, 그 순간의 반짝거림을 알아채지 못해서 미안하다. 마음에 새겨놓고 싶은 순간을 놓치면 늘 아쉽다.

아이의 말에 귀 기울이는 것이 단지 아이와 교감하기 위해 하는 행동만은 아니다. 아이의 말을 들으면서 새삼스레 깨닫는 게 많다. 자꾸 무얼 가르치려 드는 내 모습을 경계하게 되고, 누군가의 마음을 이해하기 위해 그 사람에게 집중하는 시간의 소중함을 느끼기도 한다. 아이의 말은 만들어지는 중이므로 발음이 부정확한 경우뿐 아니라 맥락이 뜬금없는 경우도 있는데, 그런 말조차도 나를 일깨운다.

지안이는 자주 "미안해" 혹은 "고마워" 하고 말하는데 상황에 어울리지 않게 미안하다고 말하는 경우가 종종 있다. 지나가다가 내가 지안이에게 툭 부딪혔는데 지안이가 내게 "미안해"라고 한다. 빨래를 개키고 있는데 옆에 다가와 "나도 해볼래" 하며 한참을 꼼지락거리더니 갑자기 "미안해" 한다. 머리를 감았는데 수건이 안 보여서 "수건 어딨지" 하고 찾았더니 지안이가 "미안해" 하기도 했다. "고마워"는 그렇지 않은데 "미안해"의 용례는 굉장히 폭이 넓다.

나와 아내는 부딪친 사람이 미안한 거라고, 도와주려고 했다가 잘 안 됐다 해서 미안한 건 아니라고, 지안이가 맡지 않은 일에 미안해할 필요는 없다고 말해준다. 혹시나 지안이가 너무 많은 일을 자기 책임으로 느끼고 있는 건 아닌지, 그래서 미안하다는 말을 너무 많이 하는 건 아닌지 약간은 걱정이 된다. 물론 자라면서 저절로 알게 될 거라고 생각한다. 그저 말의 용법에 아직 익숙하지 않아서, 미안하다는 말을 건네는 적절한 순간을 잘 이해하지 못해서 그럴 확률이 높다.

그런데 한편으로, 어른들이라고 해서 미안하다 말해야 할 때를 잘 알고 있는지 의문이 든다. 사과에 인색하고, 사과는

커녕 타인의 책임으로 돌리는 사람들이 세상엔 너무나 많다. 누군가 자신의 잘못을 알아챌까 봐 날이 서 있는 사람들, 내 잘못을 사과라는 결론으로 연결하는 데 익숙하지 않은 어른들. 그런 사람들 틈바구니에서, 때로 그런 사람들의 일원으로 살아가는 입장에서 지안이의 "미안해"는 자주 나를 일깨운다. 어쩌면 지안이의 말이 아니라 어른들의 말이 바뀌어야 하는 건 아닐까.

지안이의 말이 꼭 어른의 말로 자랄 필요는 없을 것 같다. 하지만 나의 말이 지안이의 말을 통해 다시 자랄 필요는 분명히 있다. 아이는 성장해야 하고, 부모를 비롯한 어른들의 가르침이 중요한 역할을 하겠지만, 때로 우리는 성장이나 발전, 가르침 같은 어른의 책임을 잊고 아이의 말에 귀 기울여볼 필요가 있다. 지금 이 순간에도 이미 아이의 말은 나름으로 훌륭하다. 아이가 말을 시작하면서 나는 더 자주 나 자신을 점검한다. 이 역전된 교육이 신선해서 아이가 입을 열면 나는 조용히 귀를 기울인다. 가르침을 기다린다. 조용, 지금 아이가 말한다.

아름다운 책을

팔면

아름다워질까

"죄송합니다. 사정이 생겨 일할 수 없게 되었습니다."

첫 출근한 아르바이트 직원이 오후에 보낸 문자다. 고개를 들어보니 자리가 비어 있고, 회사에서 지급한 사무용품들은 가지런히 놓여 있다. 환영의 의미로 함께 점심을 먹은 지 불과 두 시간. 짬뽕이 아직 내 위장에 머물러 있을 시간이었다. 눈에 띄지 않게 조용히 짐을 챙겨 나간 그의 마음은 어땠을까. 마음은 짐작되지 않고 그의 위장만 짐작되었다. 그는 짜장면과 깐풍기를 먹었다.

퇴근 전에 선물하려고 챙겨둔 책들은 며칠이 지난 후에도 그대로 내 책상에 남았다. 추리소설을 좋아한다는 얘기에 골라두었던 책이다. 갈 곳 잃은 그 책들이 지금은 어디에 있을까. 먼지가 뽀얗게 쌓일 무렵 정리했는데 행방이 묘연하다.

다시 찾을 수 없다면 그걸 정리라고 할 수 있을까. 잃어버렸다는 게 더 정확하지 않을까. 건네받을 사람도, 건네줄 책도 사라졌다.

사실 이번이 한 달 사이 네 번째 맞은 아르바이트 직원이었다. 하루 출근 후 다음 날 아침에 "죄송합니다"라고 문자를 보낸 이도, 출근하기로 한 날 아침에 "죄송합니다"라는 문자를 보낸 이도 있었다. 처음엔 약속을 너무 가볍게 여긴다고 한탄했다. 혹시 내가 그들의 마음을 상하게 하지 않았는지 내 말과 행동을 되돌아보기도 했다. 하지만 무슨 잘못을 저지르기에도 너무 짧은 시간이었다. 지금 근무하는 팀으로 옮기고 처음으로 겪은 아르바이트 채용은 대단히 힘든 업무였다.

팀을 옮긴 지 3년 정도 흘렀고 아르바이트 직원은 몇 차례 더 채용했다. 기존 담당자가 그만둘 때마다 새 담당자를 구해야 했는데, 지원자는 넘치지만 채용은 늘 어려웠다. 앞서와 비슷한 패턴이 수없이 반복되었던 것이다. 출근을 약속하고는 금세 "죄송합니다"가 돌아오는 패턴. 이렇게 여러 사람들이 비슷한 행동을 하는 걸 보니 이제 그들의 잘못도 내 잘못도 아니란 걸 알겠다. 한 개인의 문제가 아니라 아마도 양극화된 노동시장의 문제가 아닐까 생각했다. 정규직 채용 시장과는 다른 저임금-단기-비숙련 노동자 채용 시장이 구직자에게 미치는 영향이 아닐까 하는.

우리 팀에서 채용하는 아르바이트 직무는 9시 출근 6시 퇴근에 최소 6개월 이상은 지속해야 하는 일이다. 대학생이 한 학기 동안 일하기엔 기간이 좀 애매하고 두 학기를 하자면 휴학해야 일할 수 있는 자리다. 그래서 학생들보다는 학업을 마친 후 이미 여러 일을 거친 이들이 많이 지원한다. 경험 쌓기 차원을 넘어, 생계수단을 구하는 지원자들이다. 졸업 예정자와 이십 대 중후반을 위한 취업 시장뿐 아니라 이런 성격의 채용-구직 시장도 굉장히 넓다는 걸 나는 이 채용을 진행하면서 알게 되었다.

생계의 관점에서 일하는 사람들이 왜 그렇게 쉽게 그만두는지 의아할 수도 있지만 채용 사이트에서 이런 유형의 일자리를 올리고 구인을 해보면 쉽게 알 수 있다. 공고를 올리고 적당히 홍보를 하면 어마어마한 수의 지원자가 몰려든다. 채용 공고를 확인한 것인지 의심스러운 지원자들도 상당히 많다. 과연 이 지원자들이 우리 회사에만 몰리는 것일까. 아마도 공고가 올라온 무수한 회사에 지원하고 있을 것이다. 그리고 연락이 오는 곳 중 가장 좋은 회사로 출근을 한다. 그리고 첫 출근을 한 날에도 더 좋은 조건을 제시한 곳에서 연락이 오기도 한다. 내 입장에서는 약속을 그렇게 뒤집을 수 있다는

것이 그저 놀라울 뿐이지만, 입장을 바꾸어본다면 하루 출근
했다는 이유로 더 좋은 조건에 눈감고 평정심을 유지하기는
힘들 것 같다.

정규직은커녕 고작 몇 개월 근무할 뿐이고, 경력으로 제시
하기도 힘든 일자리를 제공하면서 '약속에 대한 책임감'을 들
먹일 수 있는 것일까. 이 경우에 '약속에 대한 책임감'은 '자기
자신에 대한 책임감'과 꼭 겹치지는 않을 것 같다. 다가온 자
리는 환영하되, 조건이 더 나은 자리를 항상 찾고, 자리를 옮
길 때는 망설이지 않는 것이 오히려 자신을 위한 책임 있는
행동이 아닐까. 물론 하루 만에 일을 못 하겠다는 문자를 받
고 나면, 상대가 전화도 받지 않으면, 마음에선 불이 난다. 하
지만 그런 입장이 있을 수 있다는 것, 갑자기 그만두며 매번
무거운 마음으로 사과하다 보면 편의적으로 '무례'를 택할 수
있다는 것도 일견 이해가 된다. 사람들은 때로 삶이 놓인 환
경에 따라 어떤 태도를 잃어버리게 되기도 하니까. 나는 사람
보다는 세상 탓을 하고 싶다.

약속에 대한 책임과 자신에 대한 책임이 엇갈리는 세상은
슬프다. "죄송합니다"라는 문자를 보낸 이들에게 차마 "죄송
하지 않으셔도 됩니다"라는 문자를 보내지 못한 내 빈곤한 마

음도 슬프다. 구직할 때는 정규직 채용만을 바라봤고, 현직자로서도 정규직 후배들의 채용 과정만 지켜봤기에, 다른 형태의 노동시장을 상상하지 못했던 내 협소한 시야도 한심하다. 심지어 한때 사회/정치 분야를 담당한 MD였는데.

사회/정치 분야에는 무수히 많은 주제의 책이 있다. 미중 갈등 같은 국제정치 분야나 한국의 정치, 언론, 검찰, 재벌, 부동산, 교육 등의 개혁을 다룬 책, 인구나 기후 같은 장기 추이를 다룬 책, 페미니즘과 인종주의, 장애와 같이 사회적 시민권과 관련된 긴요한 문제를 다룬 책 등 아주 다양하다. 그중에서도 가장 관심을 가진 분야 중 하나는 부의 양극화, 노동시장의 양극화를 비판하는 책들이었다. 새로 들어서는 정부마다 '일자리'를 강조하고, 자신들이 만든 일자리의 개수를 강조하지만, 사실은 계층간 자산과 소득의 격차가 꾸준히 확대되고 있다는 사실을 널리 알리고 싶었다. 사태의 심각함에 비해 사회의 관심이 부족해 보였기 때문이다. 이런 문제를 제기하는 것도 책의 중요한 역할이라 생각했다.

지금 우리 사회에 필요한 화두는 '현존하는 어떤 정치 세력으로 결집하느냐'가 아니라 '어떤 세력을 새롭게 성장시켜야 하느냐'라고 평소에 생각해온 영향인지도 모른다. 하지만 그런 생각이 무색하게 내가 지금 서 있는 곳에서 잘 보이지 않는 사람들을 상상하지 못했다. 내가 누리고 있는 조건을 기준으로 책임감을 쉽게 운운했다.

책을 읽는다는 것은 칭찬받을 만하고, 책의 영향력은 자주 상찬되지만, 때로 책의 역할은 딱 여기까지다. 책이 삶으로 이어지기까지는 꽤 높은 문턱을 넘어야 한다. 마지막 장을 넘기는 순간 우리는 삶으로 돌아오고, 책은 거기서 끝난다. 세상은 책 바깥에 있다. 아름다운 책을 판다고 내가 아름다운 것은 아니다. 훌륭한 책을 읽는다고 삶이 훌륭한 것은 아니다.

• 이 글은 〈좋은생각〉(2019년 8월호)에 기고한 '아름다운 책을 판다고'를
  새로 정리했다.

3

여전히 시간이 필요한 일

어떤 울음은

여전히 아프다

아이가 운다고 마냥 마음 아프진 않다. 언제부턴가 그랬다. 젖먹이일 때 잠을 이루지 못해 밤새 울던 날이나 씽씽이를 타다 앞으로 고꾸라져 흐느끼던 날엔 내내 마음이 아렸다. 그런데 지금은 그런 반응이 조금 호들갑스럽게도 느껴진다. 부모라는 자리에 조금 익숙해진 것일까. '익숙'이라는 단계는 자주 '둔감'이라는 상태로 자각되는 것 같다. 아이를 낳고 한없이 말랑해졌던 마음에 어느새 굳은살이 조금 생겼다.

그래도 어떤 울음은 여전히 아프다. 아이가 마음을 누르다 끝내 터뜨리는 울음이 그렇다. 참고 견디는 자의 마음은 어른인 나도 잘 알고 있기에, 내 마음의 가장 연한 부위에서 어떤 감정이 꿈틀거린다.

다니던 곳이 폐원하는 바람에 지안이는 어린이집을 한 차례 옮겼다. 낯선 환경에 잘 적응할지 걱정했는데 첫날 싫은 기색이라곤 전혀 없이 다녀와서는 새 어린이집엔 얼마나 멋진 장난감이 있는지 내게 자랑했다. 어린이집의 적응 프로그램에 따라 첫 주엔 하루 한 시간, 둘째 주엔 하루 두 시간을 있다 왔다. 셋째 주를 앞둔 주말, 이제부터는 어린이집에서 낮잠을 자고 올 예정이라 어린이집에 가져다 둘 아이 이불을 챙겼다. 지안이가 좋아하는 깡총깡총 토끼 이불. 이불을 살피면서 "지안이 이제 어린이집에서 낮잠도 자고 오겠네" 했더니 지안이가 "맞아 맞아" 하며 "아빠 우리 어린이집 놀이 해요" 하며 폴짝폴짝 뛴다.

어린이집 놀이는 누워서 시작한다. 둘이 눈을 감고 나란히 누워 있으면 지안이가 "아침!" 하고 외친다. 그러면 같이 "아잘 잤다" 하며 일어나서 세수하고 밥 먹고 양치하고 옷 입는 시늉을 한 뒤 손잡고 어린이집(안방)으로 간다. "늦잠 잤어. 서둘러야 해", "가방 메는 거 좀 도와줄래?" 같은 말을 섞으며 약간의 변주를 하기도 한다. 어린이집에 들어갈 때는 선생님(엄마)에게 허리를 거의 90도로 접고 "안녕하세요!" 큰 소리로 인사한다. 사적인 공간과 공적인 공간의 지안이가 서로 다름을 알 수 있다.

선생님께 인사한 후엔 가방을 제자리에 두고, 가방에서 수건을 꺼내서 건다. 이번 어린이집에서는 들어가자마자 수건을 걸어둔다고 내게 알려주었다. 수건을 거는 자리에 지안이 얼굴과 이름이 붙어 있어서 좋단다. 웃음 가득한 얼굴로 빠짐없이 새 어린이집의 모습을 설명해주고, 그걸 또 놀이로 만들어 즐기는 모습에 마음을 놓았다. 옮기는 게 쉽지 않다고 해서 약간 긴장했었는데 이렇게 잘 적응해주니 고마웠다.

그렇게 온종일 어린이집 놀이를 하며 깔깔거리다가 밤을 맞았다. 토끼 이불을 개고 이를 닦이고 잘 준비를 하는데, 하루 종일 웃던 아이가 갑자기 울기 시작한다. "자기 싫어, 자기 싫다고" 하며 엉엉 울더니 나중에는 마치 사연이 있는 듯 꺼이꺼이 서럽게 운다.

"지안아, 얼른 자야 내일 어린이집 가서 재미있게 놀지. 내일부터는 토끼 이불에서 잠도 자잖아" 하고, 내 딴에는 내일 누릴 즐거움으로 관심을 돌려보려 말했는데 "싫어. 싫어. 어린이집 가기 싫어" 하며 더 크게 운다. 속을 알고 싶어서 캐물어보니 그제야 아이가 이런 얘기를 한다. "○○이 옆에서 자고 싶은데(엉엉), 모르는 친구 옆에서 자게 될까 봐(엉엉)."

새 어린이집에서 지안이는 열 명 남짓의 아이들과 생활하는데, 그중 둘은 아는 아이다. 폐원한 어린이집에서 함께 넘어왔다. 지안이는 이 친구들이 아닌 낯선 친구들과 나란히 눕게 될까 봐 걱정을 했었나 보다. 그런 걱정을 안고 있으면서도 내내 내색하지 않다가, 오늘을 보내고 내일을 맞아야 하는 순간이 되자 울음을 터뜨린 것이었다. 그러고 보니 지안이는 새 어린 이집 이야기는 계속 했지만 새 친구들 이야기는 거의 하지 않 았다. 새 친구들 이름을 내게 알려주지도 않았다. 예전 어린이 집 다닐 때는 친구들 이야기를 정말 많이 들려주었는데. 익숙 한 친구들에게 의지하며 불안을 눌러왔던 것일까. 아직 세 돌 도 안 된 아이에게 이 불안은 어느 정도의 무게일까.

어린 시절 나도 낯선 친구들을 만나는 게 두려웠다. 부모 님은 나를 미술 학원에도, 피아노 학원에도, 태권도 학원에 도 보내주셨지만 3개월을 버티기 어려웠다. 미술이, 음악이, 운동이 재미없었기 때문이 아니다. 모르는 사람들과 함께하 는 3개월의 시간이 너무 힘들었다. 특별히 누가 나를 배척하 거나 따돌린 것도 아닌데, 내가 마음의 문을 열기 힘들었다. 나는 타인과 친밀감을 느끼는 데 오랜 시간이 필요한 아이였 다. 초등학교(국민학교) 저학년을 지나고 나서야 좀 나아지긴 했지만, 사실 지금도 처음 만나는 사람을 편하게 대하지 못한 다. 어린 시절의 나는 지금의 내 안에 여전히 남아 있다. 지안 이의 마음이 손에 잡힐 듯 가깝게 느껴져서 내 마음도 흐물흐 물해졌다. 지안이를 꼬옥 안아주었다.

 그보다 한 주 전 주말엔 이런 일도 있었다. 점심을 먹고 같은 건물의 마트로 장을 보러 갔다. 밥을 배불리 먹고 이제 장을 좀 볼까 했는데 하필 마트가 휴무였다. 장은 동네에서 봐도 되지만, 지안이와 사람 구경 물건 구경도 할 겸 옆 건물 아울렛으로 들어갔다. 4층의 장난감 코너가 지안이의 시선을 붙잡았다.

 레고 블록과 동물 인형들 사이를 통과한 후 지안이는 큰 박스 형태로 구성된 장난감들 앞에 섰다. 아이들 코너에는 뽀로로, 콩순이 캐릭터를 활용한 장난감들이 무척 많았다. 아이 시선이 한참을 머무르더니 다른 곳으로 향했다. 그렇게 몇 개의 인형과 장난감을 살펴보고 집으로 돌아갔다. 돌아가는 차 안에서 지안이는 조용히 잠들었다. 지안이가 자는 두어 시간 동안 드라이브를 하고 집으로 돌아왔다. 청소를 하고 저녁을 먹고 아이 목욕을 시키고 나니 다시 밤이 내렸다. 셋이 누운 채 얘기를 나누며 하루를 마무리하는 시간.

 "지안아 오늘 어땠어? 엄마 아빠는 지안이랑 오늘 같이 보내서 너무 행복했어" 했더니 "나도 행복했는데 가슴이 좀 콕콕했어" 대답한다.

 콕콕이 무슨 말인지 몰라서 물어보니 말을 하지 않는다. 그래서 질문을 바꿨다.

"가슴이 왜 콕콕했어?" 물으니 "장난감을 구경할 때 갖고 싶었는데, 사지 못해서 콕콕했어"라고 또박또박 답하다가 "크롱 치카치카 장난감 사줘요" 하며 엉엉 울고야 만다.

아무렇지 않은 눈으로 바라보고 또박또박 대답하던 아이의 모습이 일순 허물어졌다.

생각해보니 평소엔 애초에 사줄 목적으로 "지안아 뭘 갖고 싶어?" 하고 물었던 것 같다. 오늘은 사줄 생각이 아니어서 아예 물어보지 않았는데, 그 마음을 이렇게 누르고 있었을 줄이야. 아이는 이제 아쉬운 기색을 감출 줄도 알게 되었다. 이는 성장의 징표지만, 이 성장이 꼭 흡족한 것만은 아니다.

"지안이 마음이 그랬구나. 장난감을 맨날 사는 건 안 되지만 가끔은 사도 되니까, 우리 다음에 장난감 구경 할 때는 한 번 살까" 했더니 "응응" 하며 더 목 놓아 울다가 "안아주세요" 하고 안긴다.

원하는 것을 말로 옮기지 못한 지안이의 마음은 어땠을까. 할머니가 김밥을 싸주실 때 "시금치는 빼주세요" 하고 말하지 못하고 시금치가 잔뜩 들어간 김밥을 꾸역꾸역 먹었던 어린 시절의 내 마음을 생각해본다. 엄마가 편찮으셔서 방학마다 큰집에서 생활해야 했는데, 큰집에 가고 싶지 않으면서도 그 말을 미처 꺼내지 못했던 나의 마음을 생각해본다. 어른들

은 그런 나를 착하고, 점잖고, 무던하고 심지어 속이 깊다며
칭찬했다. 하지만 그건 사실이 아니다. 어른들이 나를 잘못
봤다. 정말 울고 싶었는데 울 수 없었을 뿐이다. 괜찮아 보였
겠지만 결코 괜찮지 않았다.

아는 게 많아 보이던 어른들도 감춰진 마음을 읽어낼 순 없
다는 사실을 그때 생각했다. 그리고 이제 어른이 된 나 역시
지안이의 울음 앞에서, 아이가 드러내지 않는 마음을 짐작하
는 데 어려움을 느낀다. 아이가 커갈수록 더 그럴 것이다. 혼
자 옷을 입고 배변을 처리할 줄 알게 되는 동안 지안이는 표
정과 행동에서 마음의 기색을 감추는 것에도 더 능해질 것이
다. 엄마 아빠의 주의를 요하는 시간보다 주의를 끌지 않는
시간이 더 많아질 것이다. 당연하고 자연스러운 과정이지만
그래도 나는, 아이가 괜찮아 보이는 순간조차도 괜찮지 않을
수 있다는 걸 잊지 않아야지 생각한다. 그리고 마음속으로 지
안이에게 이렇게 당부한다.

'너는 자라겠지. 너는 이렇게 자라고, 마음을 누르는 것을
배우고, 그러면서 자기 감정을 다스릴 줄 아는 아이가 되겠
지. 살면서 피할 수 없는 일이고, 꼭 거쳐야 하는 일이겠지.
하지만 울고 싶을 땐 울고 말하고 싶으면 말하는 아이가 되었
으면 좋겠다. 감정을 다스린다는 것은 누르는 일뿐 아니라 잘

꺼내는 일이기도 하다는 것을 알려주고 싶다. 아무리 어른이 되어도 마음은 아프기 마련이고, 모든 감정을 누를 수는 없단다. 아빠도 지금 마음이 아프다. 너의 울음이 여전히 아프다.'

어떤 울음은 여전히 아프다.
아이가 마음을 누르다 끝내 터뜨리는
울음이 그렇다. 참고 견디는 자의
마음은 어른인 나도 잘 알고 있기에,
내 마음의 가장 연한 부위에서
어떤 감정이 꿈틀거린다.

내 옆의
한 사람

아이 무릎에 상처가 늘어간다. 딱지가 떨어지기도 전에 새 딱지가 생긴다. 퇴근해서 "지안아, 여기는 왜 다쳤니" 물으면 늘 "달리다가 넘어졌어" 한다. 아이는 요즘 쉴 새 없이 달린다. 내가 보고 있을 때도, 내가 옆에 없을 때도 달리고 달린다.

다행히 아이에게 두려움을 남길 정도의 상처는 아니었다. 아마도 달릴 때 느끼는 쾌감이 넘어질 때의 두려움보다 훨씬 더 큰가 보다. 아이는 상처 따위 아랑곳하지 않고 계속 내달린다. "넘어져서 아프진 않았어?" 물으면 "조금 아팠지만 괜찮아" 씩씩하게 답한다. 어린이집에 데려다주고 데려오는 지안이 할머니는 아이가 너무 빨라 쫓아가기 힘드시다고 한다.

집 앞 고깃집에서 밥을 먹고 돌아오는 저녁엔 잠깐도 멈추지 않고 5분을 내내 달렸다. 주말 삼청동 거리에 갔을 때도

"아빠한테 잡히지 않을 거야!" 하고 외치며 달렸다. 지나가는 차와 오토바이 경계하랴, 주변 사람들에게 폐 끼칠까 주의하랴, 엄마 아빠는 정신이 없다. 내리막길에서도 다다닥 내달리는 아이를 보면 넘어질까 걱정도 된다. 그래도 연신 웃는 아이를 보니 즐겁다. 땀을 잔뜩 흘리고 헉헉대면서도 아이의 표정은 너무 밝다. 잘 걷지 않고 너무 많이 안아달라고 하는 건 아닐까 했던 적도 있었는데 어느새 이렇게 컸다.

몸이 자란 만큼 말도 늘었다. '바람이 분다' 놀이를 할 때면 깜짝 깜짝 놀라곤 한다. 가수 이소라의 노래 〈바람이 분다〉의 선율에 맞춰 하는 말 잇기 놀이다. 내가 먼저 "바람이 분다~" 하면 아이가 "꽃이 빨갛다~" 하는 식으로 눈에 보이거나 지금 느끼는 것을 말로 만들어 잇는다. 지안이가 좋아해서 이따금 하는데, 처음엔 내가 말한 후 아이가 답하기까지 약간의 시간 차가 있었다. 요즘은 거의 곧바로 답이 나온다. "자동차가 간다~", "고양이가 있다~" 같은 말은 물론이고, 이제는 사이사이에 자기 의중을 전하기도 한다. "빵집이 있다~", "식빵을 사자~" 하는 식이다.

긴 문장도 곧잘 만들게 되었다. "아빠, 운전은 꼭 필요할 때만 하세요. 미세먼지가 나와요", "과자가 두 개밖에 없으니까 나는 이거 먹을게. 엄마 아빠는 그거 나눠 드세요" 같은 말을 할 정도라 이제 우리 사이에 제대로 된 대화가 된다. 정말 많이 컸다.

네 살이라는 나이는 이런 나이구나. 아이를 바라보며 내가 네 살이었을 때를 상상해본다. 어떤 말을 재잘대고 있었을까. 내 무릎에도 상처가 있었겠지. 부모님도 지금 내 마음 같았을까. 사람은 자신의 경험을 바탕으로 다른 사람의 삶을 상상해보곤 하지만, 네 살은 다른 사람의 네 살을 보면서 자신의 네 살을 상상해야 하는 나이다. 네 살은 아이를 키우기 전 내가 상상했던 것만큼 어린 나이가 아니다.

물론 아이는 아직 한참 더 자라야 한다. 기저귀를 거의 떼긴 했지만 응가는 꼭 기저귀를 차고 한다. 가끔은 자다가 이불에 지도도 그린다. 몸을 들어 앉혀주지 않으면 그네를 타지 못한다. 혼자 밥을 먹으라 하면 옷에 묻히고 바닥에 흘린다. 반말과 존댓말은 기준 없이 뒤섞인다. 그저 어느새 이만큼 자랐구나 대견할 뿐, 손이 갈 일도 가르칠 것도 아직 많다. 당연하다.

하지만 분명히 아이는 새로운 단계로 진입했다. 부모의 보살핌을 받고, 부모의 가르침을 흡수하던 최초의 단계는 이제 지나왔다.

처음에 아이는 부모에게 모든 걸 맡겼다. 의사 표현이라고 해봐야 몸을 가누지 못하고 우는 것이 전부였던 시절은 물론이고 어느 정도 커서도 그랬다. 엄마 아빠가 산책을 하면 산책을 가고, 목욕을 시키면 목욕을 하고, 밥을 주면 밥을 먹었다. 아이는 부모가 이끄는 대로 행동했다.

그러다 돌이 꽤 지난 어느 시점부터 거절의 행위가 점차 분명해지기 시작했다. 밥을 먹일 때 고개를 확실히 홱 돌린다든지, 한참 놀다가 "이제 자야 돼" 라고 하면 "싫어 싫어" 한다든지, "이 닦아야지" 하면 악을 쓰듯 울고 고집을 부리며 버티는 경우가 생겼다. 이 역시 아이의 내면이 성장하고 있으며 독립적인 존재감을 발산하기 시작한다는 징표였지만, 여전히 아이의 반응은 부모의 액션action에 대한 리액션re-action이었다. 수긍하기만 하던 아이에게 '거절'이라는 선택지가 하나 더 늘었지만 부모가 제시하고 아이는 반응만 하는 형식은 여전했다. 자신의 의사를 보다 상세히 표현하는 단계는 아니었다.

지금은 다르다. "이제 잘 시간이야" 하면 "책 한 권만 더 읽고 자면 안 될까?" 답하고, 어린이집 알림장에 친구랑 다퉜다는 얘기가 있어서 "지안아, 오늘 친구랑 왜 다퉜니?" 물어봤더니 "말하고 싶지 않아"라 한다. "어른한테는 높임말을 써야 해" 했더니, "엄마 아빠, 높임말이 아니라 로켓말이에요" 하

며 곧 죽어도 높임말이 아니고 로켓말이라고 우기기도 한다
(그렇게 들릴 수도 있을 것 같다). 부모의 요구에 수긍하거나 거
절하기만 하는 것이 아니라 이제 자신의 의사를 구체적으로
제시한다. 부모와 협상하고 조율하며 행동을 중단시키거나
심지어 자신의 믿음을 고수하기도 한다.

또 다른 모습도 눈에 띈다. 음식을 비운 접시를 설거지하는
내게 가져오는 아이, 쌀을 씻으면 자신도 꼭 거들겠다고 나서
는 아이, 아빠가 내 치카를 도와줬으니 나도 아빠 치카를 돕
겠다며 칫솔을 챙기는 아이. 아이도 그저 받기만 하려 하지
않는다. 자신의 역할을 할 때 뿌듯함을 느낀다.

이런 일이 점차 잦아지니 새삼 아이가 내 옆의 한 사람이
라는 게 실감난다. 보살핀다는 명목으로 내가 좌우할 수 있
는 존재가 아니라 대화하고 합의하며 인생을 함께 걸어갈 동
료라는 느낌이 솟아난다. 의사 표현으로 볼 때나 행동으로 볼
때나 지안이는 어엿한 한 사람으로 자립하는 긴 과정의 출발
점에 들어섰다.

우리는 여전히 끌어안고 볼을 비비고 목말을 태우며 자주
찰싹 붙어 있지만 서로의 '개별성'을 점차 의식하게 될 것이
다. 앞으로도 아이를 보살피고 가르치는 것이 부모의 역할이
겠지만 그 보살핌과 가르침이 '아이의 납득'이라는 과정을 반

드시 거치도록 보다 세심히 신경 써야 할 것이다. "내가 너를 보살피고 너와 내가 친밀하므로" 아이에게 자연스레 미치게 되는 영향력조차도 돌아볼 필요가 있을 것 같다.

아이를 내 옆의 한 사람으로 인정하는 육아, 아이가 납득하는 과정을 거치는 육아가 구체적으로 어떤 모습인지는 아직 모르겠다. 하지만 아이가 새로운 국면에 도달했다는 것만은 분명히 알겠다. 내 육아도 이제 새로운 단계로 나아가야 한다. 레벨업이 필요하다.

배달음식은

맑은 날에

건강에 유의하라는 환경부의 안전 안내 문자를 일주일 내내 받았다. 어린이, 노약자 등은 실외 활동을 자제하라는 서울시 문자도 받았다. 하지만 숨을 쉬지 않을 수는 없고, 미세먼지 농도가 심한 날마다 집에만 있을 수도 없다. 미세먼지는 간혹 찾아오는 불청객이 아니라 일상의 일부가 되었으니까. 공기청정기와 KF-94 마스크(미세먼지를 94퍼센트 이상 차단하는 마스크)로 피해를 미미하게 낮출 수 있을 뿐 아예 피할 방법은 없다. KF-94라니, 이런 용어가 일상어가 되었다.

나는 아직 이 상황이 낯설다. 미세먼지 수치를 챙겨보지 못하고 마스크 없이 나서기도 한다. 하지만 지안이는 다르다. 미세먼지 신호등 색깔이 오늘은 빨강인지 아닌지 늘 관심을 기울인다. 아빠가 쓴 마스크가 미세먼지 마스크가 맞는지 물으며, "아빠, 아무 마스크나 쓰면 안 돼요" 가르치기도 한다. 나는 주로 '미세먼지 나쁨'인 날에 불만을 표하지만 지안이는 '미세먼지 좋음'인 날에 기쁨을 드러낸다. 기대치의 기본값이 다르다. 지안이가 태어났을 때 봄은 이미 이 모양이었다. 겨울이 가고 어렴풋한 봄기운이 다가오는 3월, 두터운 점퍼를 벗어던지고 가볍게 뛰놀 수 있다는 기대감과 기쁨을 지안이도 느끼고 있을까. 지안이의 뜀박질은 미세먼지가 물러가는 5월에야 본격화된다. 겨울이 지나도 봄이 바로 오지 않는다. '마스크의 계절' 다음에 봄이 있다. 내가 가지고 있는 봄의 이미지와 지안이가 가지고 있는 봄의 이미지는 분명 다를 것이다.

아빠의 이런 아쉬움을 모른 채, 아이는 그저 마스크만 믿고 있다. 미세먼지 농도가 아주 심한 날에 "지안아, 오늘은 공기가 너무 안 좋으니까 집에서 놀자" 하면 "마스크 쓰면 되지 뭐" 대꾸한다. 외출 한번 한다고 건강에 얼마나 해로울까 싶어 덜 예민하게 굴려고도 해보지만, 하루하루 마시는 먼지가 누적되어 언젠가 아이 건강에 해를 끼칠 가능성에 눈감기는 힘들다.

더 답답한 건 어른이자 부모로서 내가 할 수 있는 일이 거의 없다는 것이다. 중국의 협력을 이끌어내고, 경유차와 휘발유차의 운행량을 줄이고, 석탄화력발전소의 의존도를 낮춰나

가는 일에 한 개인이 미칠 수 있는 영향력은 지극히 미미하다. 그저 아이의 마스크를 잘 챙기고, 공기청정기를 방마다 놓고, 미세먼지 많은 날에는 외출하지 않는 것이 내가 할 수 있는 일의 전부일까. 안타까움은 큰데 들고 있는 패는 너무나 초라해 무력하다. 부모로서 무엇을 할 수 있을까, 고심하게 된다.

사실 이런 일에 '부모로서'라는 말을 붙이는 건 민망한 일이다. 공기는 남녀노소가 호흡하는 것이니 아이만 보호 대상인 것도 아니고, 부모가 아니더라도 행동에 나서야 할 문제다. '부모로서'라는 말은 '아이의 미래'라는 명분을 들이밀어야, 비로소 굼뜨게 움직이는 나를 드러내는 것이라 부끄럽다. 우리는 이 도시의 교통량이나 에너지 소비량, 정치 지형에 대하여 한 사람분의 기여를 한다. 그만큼의 책임도 공유한다. 미력하게나마 각자 노력해야 할 지분이 있다. 그러므로 이 노력은 '부모'라는 범주보다는 한 사람의 '시민'이라는 범주에 속하는 노력일 것이다. 동료 시민의 미래, 하다못해 나와 아내의 미래를 위해서도 져야 하는 책임을 여태껏 소홀히 하다 이제야 뒤늦게 고심한다.

꼭 필요할 때만 내 차를 운전하고 가급적 대중교통을 이용할 것, 다음에는 경유차는 물론 휘발유차도 피해서 구매하려 애쓸 것, 에너지 소비량을 조금씩이라도 줄여갈 것, 대기질 개선을 위해 진지한 노력을 기울이는 연구 집단이나 정치 세력을 후원할 것. 나 개인의 차원에서는 이런 다짐을 하게 되었다. 이런 노력들은 당장 내 눈 앞에 떠도는 먼지 한 톨 없애주지 못할 일이라며 가벼이 여겼었다. 내 다짐은 자주 용두사미가 되지만 이번만은 그러지 않으리라. 바로 이것이 부모로서 시민으로서 내가 져야 할 책임이 아닐까. 막중하고 무거운 책임이 아니라 이 정도 책임이라면 나도 너끈히 질 수 있지 않을까.

지안이는 아마도 궁금해할 것이다. 예전엔 자가용으로 가던 곳을 대중교통으로 가고, 겨울철이나 여름철 실내 온도에 1도가량이나마 변화를 준다면 "왜요?"라고 물을 것이다. 그때 나는 너의 '부모'로서 '너'를 지키기 위해서라고 말하지 않고, 한 사람의 '시민'으로서 '우리'를 지키기 위해 이런 노력을 해야 한다고, 그것이 곧 너와 나를 지키는 일이라고 말할 것이다. 아주 조그만 먼지들이 하늘을 가득 채워 우릴 괴롭히듯, 한 사람 한 사람이 조금씩 먼지를 청소하면 하늘이 깨끗해질 거라고 얘기할 것이다. 하늘이 너무 넓어서 바로 깨끗해지진 않겠지만 그런 노력에 시간을 들이는 것을 번거로워하지 않아야 한다고 따뜻한 음성으로 들려주고 싶다. 물론 지안이는 다 알아들은 표정으로, 내 눈을 지그시 바라보며, 이렇게 물을 지도 모르겠다. "왜요?"

그러니까 좋은 부모가 된다는 것은 아이를 위해 부모가 얼마나 많은 것을 해줄 수 있는지 여부로 판가름할 수 없다. 제아무리 돈이 많아도 맑은 하늘을 살 수는 없다. 우리의 삶을 가능하게 하는 것들을 가족 안에서 다 얻을 순 없다. 가족 바깥의 많은 사람들과 협력함으로써 많은 일을 이룰 수 있다는, 내 삶의 질을 높이는 일은 대개 우리 모두의 삶의 질을 높이는 과정에서 달성할 수 있다는, 그 사실을 체득케 하는 부모가 좋은 부모 아닐까. 가족의 구성원임을 감각할 뿐 아니라 사회의 구성원임을 자각하도록 도울 수 있어야 한다. 부모의 시야는 아이나 내 가족에게만 고정되어서는 안 되는 것 같다.

시민의 한 사람으로 책임 있는 생각을 했다며 혼자 뿌듯해하던 날, 나는 집으로 돌아오며 배달음식을 주문했다. 미세먼지가 유독 자욱한 날이었다. 그 가게와 우리 집의 거리는 1킬로미터 남짓. 배달하는 사람은 그 길을 오가며 얼마나 많은 먼지를 마셨을까. 그게 그의 일이고, 그래서 정작 자신은 대수롭지 않게 여길 수도 있지만, 그렇다고 미세먼지가 그의 호흡기에 순하게 스며들지는 않았을 것이다. 반성하고 한 가지 다짐을 더 추가한다. 배달음식은 맑은 날에.

내 삶의 질을 높이는 일은
대개 우리 모두의 삶의 질을
높이는 과정에서 달성할 수 있다는,
그 사실을 체득케 하는 부모가
좋은 부모 아닐까.

거인의 어깨,

부모님의 허리

처가와 걸어서 10분 거리에 산다. 가장 믿을 수 있는 분들이 가장 가까이에 계신 덕에 아이가 아프다는 소식을 회사에서 들어도, 예정에 없이 퇴근이 늦어져도 덜 당황스럽다. 중요한 모임이 있을 때는 아이 돌보는 일을 부탁드리고 다녀오기도 한다. 우리 생활이 편안해 보인다면, 어른들께 기대고 있어서다.

'조부모 육아'는 지안이가 태어나자마자 바로 시작되었다. 첫 100일을 처가에서 보냈는데 육아휴직 중이던 아내와 함께 아이의 주된 양육자 역할을 하신 분은 아버님이셨다. 어머님은 출근을 하셨지만 아버님은 집에서 일하시는 경우가 많았다. 아내와 함께 집에 계시니 자연히 아이를 함께 돌보시게 되었다.

어쩔 수 없이 하시는 일은 아니었다. 대단히 적극적이셨다. 아이가 잠을 자지 못해 보채면 몇 번이고 안아 재워주셨고, 기저귀를 갈고, 목욕시키는 일을 도맡아 하셨다. 아이 빨래도 아버님 몫이었다. 아이가 어느 정도 큰 뒤에는 아이와 산책도 늘 함께 하셨다.

우리가 처가에서 집으로 돌아온 후에도 이런 일상은 바뀌지 않았다. 아버님은 매일 오셔서 아이를 안고, 유모차를 끌고 함께 산책하셨다. 아이의 빨랫감도 매일 가져가셔서 세탁한 다음 가져다주셨다. 아내와 나는 때때로 아버님이 칸트 같다고 말했다. 매일 비슷한 시간대에 오셔서 아이를 돌봐주셨다. 일을 하고 건강을 관리하고 집 안을 돌보는 일들로 이미 체계가 잡힌 일상 속에 아버님은 지안이의 자리를 기꺼이 넓게 만들어주셨다. 그런 모습에 큰 감명을 받았다.

내가 보지 못한 아이의 모습도 아버님은 훨씬 많이 기억하신다. 길가의 꽃을 보며 아이가 "꽃"이라 처음 소리 내고 까르륵 웃던 모습을 나는 영상으로 봤다. 아버님은 그 영상 속에서 아이를 바라보며 웃고 계셨다. 아이가 태어나 처음 받은 편지도 100일을 맞은 날 아버님이 써주신 것이다. 100일 동안 아버님의 눈에 담긴 지안이의 모습을 편지에 잘 담아주셨다. 지금도 지안이의 생일에는 꼬박꼬박 편지를 써주시는데,

그 편지들은 일종의 성장 앨범처럼 지안이가 지나온 날들을 기록하고 있다.

아내가 복직한 이후에는 어머님이 큰 도움을 주신다. 어머님은 직장을 그만두셨다. 가벼운 결정이 아니었을 것이다. 하지만 별 내색 없이 매일 아침 7시면 집으로 오신다. 둘 다 출근 시간이 이른 편이라 나는 7시 이전에, 아내는 7시 반 이전에는 집을 나서야 한다. 아침에 일어나면 지안이는 엄마 아빠를 보지 못하고 할머니를 마주한다. 어머님은 아이 세수를 시키고 밥을 먹인 후, 아버님과 함께 어린이집 등원을 챙겨주신다.

아침에 엄마 아빠가 없다는 걸 지안이는 이미 잘 알고 있지만 그래도 가끔은 엄마 아빠를 찾으며 운다. 어린이집 가기 싫다고 울기도 한다. 그런 아이의 마음을 어루만지며 다독이는 일도 어머님이 해주신다. 아이가 자연스런 감정을 억누르려 애쓰는 모습은 어른의 마음을 짠하게 만드는 터라, 울다 그친 아이를 어린이집 문으로 들여보내는 어머님의 마음을 나는 때로 짐작해본다.

어머님은 또 우리 집을 정리하신다. 설거지도 하시고 냉장고도 정리하시고 어질러진 장난감들도 정리하신다. 이미 걷잡을 수 없이 정리 체계가 흐트러져서 손대기엔 너무 큰 일이

된 터라, 또 퇴근하면 기운도 없고 그나마 있는 기운을 아이의 말을 들어주고 노는 데 주로 할애하는 터라 우리는 이 집을 정리하는 일에 어느 정도 손을 놓았다. 최소한의 정리정돈 상태만 유지하려고 했다. 또한 아내와 나는 정리보다는 서로에게 '개인 시간'을 가질 수 있도록 하는 일에 더 신경을 썼다. 하지만 어머님은 가능한 만큼 조금이라도 더 깔끔해지도록 챙기신다. 그래서 우리 집은 나날이 더 깨끗해지고 있다.

지안이가 어린이집에서 돌아올 시간이 되면 두 분은 지안이를 데려와 산책을 하고, 빵집도 가고, 집에 와서 책을 읽어주시고, 목욕도 시켜주신다. 퇴근해서 우리가 할 일은 간단간단한 집안일뿐이다. 그래도 매번 다 하진 못해서 무언가를 남기는 날이 있고, 그러면 다음 날 또 두 분이 와서 처리해주신다.

아내와 나는 시간을 조정해 책도 읽고 휴식도 취한다. 둘다 주기적으로 글도 쓰고 있다. 우리 부부는 소소하나마 욕심이 많고, 자신을 성장시키고 싶어 한다. 부모님 덕분에 아이를 돌보는 일과 우리 스스로 성장하는 일 사이에서 균형을 꾀할 수 있게 되었다. 사람은 모두 거인의 어깨를 딛고 서 있다지만, 아내와 나는 어머님과 아버님의 허리를 딛고 서 있는 것인지도 모르겠다. 우리 부부가 누리는 삶의 균형은 부모님의 헌신에 빚지고 있다.

그런데 부모님은 어떠실까. 두 분께도 삶의 균형이 필요하실 텐데 너무 많은 에너지를 아이를 돌보는 데 쓰고 계신 건 아닐까. 우리의 균형을 꾀하는 일이 두 분 삶의 균형을 무너뜨려야 가능한 것이라면, 그게 대체 무슨 의미가 있을까. 사근사근한 사위가 못 되는 터라, 그게 성격이라는 핑계로, 그간 깊은 대화를 나눠보지는 못했다. 하지만 지금 그런 대화가 필요한 게 아닐까. 어머님 아버님의 삶의 질을 더 높이기 위해서 혹시 우리의 일상을 조정해야 하지 않을까를 두고.

이런 생각을 하면서도 실천은 하기 어렵다. 시간은 한정돼 있고 양육 노동의 양도 정해져 있다. 우리의 부담이 늘어야 부모님의 부담이 줄어들 수 있다. 지금 겨우 누리고 있는 약간의 여유를 놓고 싶지 않아 망설임이 생기는 걸까. 때로 그렇게 생각되어서 죄송하고 면목없다. 부모 자식 관계는 내리사랑이고, 그게 일견 자연스러울 수는 있겠지만, 그렇다고 부모님의 헌신을 당연시할 수는 없다.

앞으로 우리 가족의 과제는 아내와 나뿐만 아니라, 아버님과 어머님 삶의 균형을 함께 고려하는 삶일 것 같다. 두 분에게 지금 이 시기가 힘든 나날로 기억되지 않았으면 좋겠다.

우리 부부가 이사 왔고 엄마의 고생길은 두 배로 열렸다.

그의 수고를 진심으로 염려했다면 다른 선택을 했을 것이다.

오늘도 부득불 설거지를 하고 가겠다는 엄마, 화장실 바닥을

닦아주겠다는 엄마, 우리 집 고무장갑을 '내 고무장갑'이라고

부르는 엄마를 위해 멀리 도망쳐야 했던 게 아닐까.

— 엄마페미니즘탐구모임 부너미, 《페미니스트도

결혼하나요?》(2019, 민들레)

잘하고 있는 걸까,

나는

원칙을 세우고 일관성 있게 실천하려 한다. 내가 매일 책을 읽는 것도 그런 이유 때문이다. '서점원으로서 최대한 폭넓게 책을 검토할 수 있어야 한다'라는 원칙을 세우고, 매일 반복되는 출퇴근 시간을 독서 시간으로 할당했다. 일관되게 실천하는 시간이 쌓일 때 원칙은 자연스레 나라는 사람의 일부로 뿌리내린다. 타인이 나를 바라볼 때도 '적어도 책을 열심히 살펴보려 노력하는 사람'이라는 평가를 해야 서로 신뢰를 형성할 수 있다고 생각한다.

아이를 낳고도 원칙을 세워야 했다. 산후조리원에서 회사를 오가며 "부모로서⋯⋯"라는 말로 시작하는 문장을 만들고 원칙으로 삼으려 했다. 문장을 만들기는 쉽지 않았다. 막연하게 잘 키워야지라고만 생각했지, 잘 키운다는 게 어떤 의미인지 아이를 낳기 전엔 구체적으로 생각해본 적이 없었다. 일단 하나씩 하나씩 쪼개어 보았다. 골고루 잘 먹여야지, 신체와 정신이 고루 발달하도록 신경 써야지, 타인과 관계 맺을 때 지켜야 할 것들을 잘 받아들이도록 가르쳐야지 등등을 생각했지만 어느 하나만 원칙으로 삼을 수도 없었고, 이 모든 걸 다 원칙이라고 하기엔 좀 모호한 것 같았다. 육아의 구체적인 양상을 몰라서 그런가 보다 하고 조금 더 시간을 가지기로 했다. 일단 겪어보고 원칙을 세워보기로 했다.

정작 본격적인 육아가 시작되니 원칙이니 뭐니 생각할 겨를이 없었다. 늘 잠이 모자라서 머리가 멍했다. 책을 읽을 수는 있었으나 활자가 나를 그저 통과할 뿐인 느낌이 들었다. 생각을 진지하게 이어가기엔 기력이 딸렸다. 분유 타고 기저귀 갈고 목욕 시키고 안아 재우는, 최소한의 기능만 반복 수행했다. '부모로서……' 같은 생각보다, 다음 분유 시간은 언제인지 발진이 생기는 것 같은데 어떤 기저귀로 바꿔볼지 같은 생각을 해야 했다.

그렇게 반복되는 일상을 보내다 아이가 모유를 끊을 즈음이 되자 다시 생각해볼 필요를 느꼈다. 아이가 엄마젖에서 떨어지려 하지 않아서 고생하는 경우가 많다던데 어떻게 하면 아이가 잘 받아들이도록 할 수 있을지 고민이 되었다. 그

때 생각난 책이 아이가 태어나기 전에 읽었던《프랑스 아이처럼》이었다. "아이에게 폭넓은 자유를 주되 아이가 분명히 받아들여야 할 부분에 대해서는 단호하게 행동하라"는 것이 이 책의 메시지였다. "아이가 아무리 울어도 다시 모유를 주지는 말자"며 아내 앞에서 단호하게 밝힌 각오가 무색하게, 아이는 아주 부드럽게 모유를 뗐다. 아내가 며칠 전부터 아이에게 다정하게 예고해주어서 마음의 준비가 된 것일까. 눈물 한 방울 흘리지 않고 모유를 뗐다.

실제 상황에선 가치를 그대로 드러내지 못했지만 책의 메시지는 부모로서 첫 원칙을 세우는 데는 도움이 됐다. 아이가 제 아무리 울고 떼를 써도 무너지지 않을 울타리를 잘 세워두고 그 범위 내에서는 최대한의 자율을 준다는 방침이 멋져 보였다. 규율과 자유라는 중요한 덕목 사이에서 잘 균형을 이룬 원칙으로 여겨졌다.

하지만 역시 원칙은 원칙일 뿐인 걸까. 훈육에 관해서, 책의 가르침대로 아이에게 일관된 신호를 주려고 했다. 해도 되는 행동과 하지 말아야 하는 행동의 경계를 분명히 하고, 한 시간이고 두 시간이고 울더라도 '안 되는 건 정말 안 되는 거'라는 신호를 일관되게 주려고 했다. 아내와 나도 그러려고 노력하고, 아주 어릴 때부터 다독이지 않고 울려보기도 했다.

우와 이거 정말 효과가 있네, 하기도 했다. 하지만 아이가 자라고 표현하는 욕구가 다양해질수록 일관성을 유지하기란 쉽지 않다. '육아'라는 한 가지 범주 내에 있는 원칙들이 서로 충돌하는 경우가 생기기 때문이다.

지안이는 요즘 너무 늦게 잔다. 9시가 넘으면 이제 자야 한다고 말하지만 아이는 너무 쌩쌩하다. 아이의 놀이는 아직 정점에도 이르지 못한 느낌이다. 내가 현실적으로 지키고 있는 방어선은 자정이다. 12시를 넘기느냐 넘기지 않느냐.

저녁을 먹고 나서도 한참을 놀고 있으니 아이는 당연히 배가 고파온다. "뭐가 좀 먹고 싶은데" 하며 우유도 찾고, 젤리도 찾고, 토스트도 찾는다. 일찍 재워보겠단 마음으로 이미 이도 다 닦인 터라, 이 닦았으니까 이제 그만 먹어야지 얘기하면, "먹고 다시 닦으면 되지 뭐" 하며 뭘 그런 걸로 타박이냐는 듯 호기롭게 말한다. 그래놓고는 다시 이 닦자 하면 필사적으로 저항하는 건 함정.

체력이 점점 좋아지는지 에너지도 넘친다. "아빠 나 찾아봐요" 하며 이불 속에 숨는데 목소리가 쩌렁쩌렁하다. 침대 위를 올라갔다 내려갔다 수십 번 반복하고, 이 방에서 저 방으로 수십 번 내달린다. 야심한 밤이라 자연히 옆집과 아랫집을 의식하게 된다.

훈육이 필요하다. 10시까지는 자야 한다는 규칙, 이를 닦은 후에 우유를 먹어서는 안 된다는 규칙, 밤에는 특히 더 조용히 해야 한다는 규칙을 익히고 실행하게 해야 한다. 하지만 아이는 이런 규칙의 뒤에 있는 이유들을 충분히 납득하지 못한다. 너의 성장과 휴식을 위해 (그리고 엄마 아빠의 휴식을 위해!) 충분한 수면이 필요하다는 것도, 치아 건강을 위해 자기 전에는 우유를 먹지 않아야 한다는 이유도 피부로 다가오지 않는다. 늦은 밤에 큰 소리를 낼 경우 다른 사람들이 시끄럽다고 느낄 수 있다는 점만은 다행히도 공감을 한다. 잠시나마 목소리를 낮추고 살금살금 걷는다. 하지만 크게 웃고 떠들고 뛰고 싶은 욕구는 사라지지 않는다.

납득은 안 되고, 욕구는 사라지지 않으니 아이의 훈육은 설득과 이해로만 가능할 수가 없다. 엄마 아빠의 부드럽던 태도가 사라지고 엄격한 분위기가 형성되면, 그 공기의 무거움이 훈육이라는 행위를 마저 채운다. 그렇다고 아이가 곧장 수긍하는 것은 아니다. 이 분위기가 두렵고 슬퍼서, 아이는 발버둥을 친다. "아빠 미워! 미운 사람이야! 저리 가!" 하고 소리치거나 물건을 바닥에 던지고 혼자 방에 들어가 방문을 닫는 일도 생겼다.

그런 아이를 보면 괜한 스트레스를 준 건가 싶어 아이를 보듬고 싶은 마음이 든다. 사실 나도 아이와 노는 게 좋기 때문에, 밤에 같이 놀지 않으면 평일엔 하루 한 시간도 같이 놀 수 없으니까, 그저 아이도 나도 지칠 때까지 함께 놀고 싶다. 아빠가 힘껏 놀아주면 아이도 온몸으로 즐거움을 발산한다. 인생 뭐 있나, 그런 순간들이 삶의 하이라이트가 아닌가 싶다.

하지만 아이의 훈육이 중요하다는 생각, 규칙을 받아들이면서도 충분히 즐거운 하루를 보낼 수 있음을 가르쳐주고 싶은 마음, 타인을 배려하는 아이로 키워야 한다는 책임감이 즉시 고개를 든다. 그래서 짐짓 엄격한 태도를 갖추려 하다가도, 아이의 감정을 잘 받아주어야 한다는 조언들이 떠오르면 결국 나는 길을 잃고 만다. '허용해선 안 되는 것에 대해선 단호하고 엄격해야 한다'를 원칙으로 삼았지만, '아이의 감정을 억누르지 않아야 한다'는 것도 중요한 원칙이 아닐까 생각했다. 단호함은 무서움과는 다른 것이며, 아이가 규칙을 수용하는 과정을 섬세하게 다루어야 한다는 또 다른 육아서 내용들이 떠올랐다.

이런 상반된 원칙들을 적절히 구분해 활용하는 일은 쉽지 않았다. 오히려 두 원칙을 동시에 고려하다 보면 어떨 때는 엄하다가 어떨 때는 물렁한 식으로 갈팡질팡하게 되기도 했다. 육아서의 조언이란 것이 대개 그렇듯, 제 나름의 근거가 있고 귀담아 들을 부분이 있지만, 일상의 지침이 될 만큼 세밀하진 않다.

도저히 일관성을 유지할 수 없는 순간도 있었다. 지안이는 얼마 전 환절기 감기를 앓았다. 감기가 안 떨어져 약을 오래 먹어 그런지 눈가가 새빨개졌다. 다크서클이 짙게 드리운 것처럼 눈 양옆과 아래쪽이 빨갛게 변했다. 그리고 아토피 증상같이 피부가 일어나는 느낌도 들었다.

병원에서는 아토피는 아니고 약을 오래 먹어서 면역력이 떨어져 그럴 수 있다고 했다. 피부과에서 안연고 정도만 처방받았다. 하지만 약을 계속 먹고 있으니, 아무리 안연고를 바른다고 나을 리가 없었다. 그렇다고 약을 그만 먹이자니, 중간에 끊었다가 다시 열이 올랐던 지난 경험이 떠올랐다. 항생제는 중간에 끊으면 안 좋다는데 하며 자책했던. 그러니 도무지 빠져나갈 방도가 안 보였다.

이런 상황에서 아이가 울면 눈가가 더 빨개지며 짓물렀다. 지안아 일찍 자야지, 지안아 우유는 그만 먹어야지 말하면 "놀고 싶어, 자고 싶지 않아!" 하며 우는데, 일관성을 지켜야 한다며 엄격해질 수 없었다. 그저 원하는 대로 해주고 눈물을 흘리지 않게 관리를 해야 했다. 그러면서도 속으로는 울면 요구가 받아들여진다는 경험이 아이에게 쌓이는 것 같아 신경이 쓰였다.

내 마음이 너무 단단하지 못한 걸까. 우는 아이가 안쓰럽더라도, 짓무른 눈가가 마음에 밟히더라도 보다 확실히 해야 하는 것일까. 혹은 규칙이니 훈육이니 너무 얽매이지 말고 아이를 대하는 그 순간의 마음에 충실하면 되는 걸까. 남들은 그렇게 하고 있는 걸까. 내가 부모로서 잘하고 있는지를 자주 생각해보게 되고, 나름대로 자긍할 만한 부분들이 있지만, 결국 나는 불안한 마음을 품게 된다. 나는 잘하고 있는 것일까.

흔들흔들 흔들흔들. 답이 보이지 않아 멀미가 날 것 같으면서도 다행히 나름대로 안정을 취할 수 있는 이유는, 아이의 웃음에서 찾을 수 있다. "아빠 미워, 미운 사람이야" 하다가도, 언제 그랬냐는 듯 먼저 다가와 볼 비비며 배시시 웃는 아이. "아빠, 사랑해요" 말해주는 아이. 내가 팔 벌리고 와락 안으면 같이 꼬옥 힘주어 안아주는 아이. 그래도 아이와 나의 관계는 튼튼하구나 하는 믿음을 갖게 되는 순간들.

관계가 괜찮으면 다 괜찮다. 육아는 긴 과정이니까, 혹 잘못된 길로 들어갔더라도 관계만 괜찮다면 우리는 손잡고 빠져나와 새로운 길을 찾을 수 있을 테니까. 그런 믿음으로 오늘의 불안을 일단 넘어간다.

◆

관계가 괜찮으면 다 괜찮다.
혹 잘못된 길로 들어갔더라도
관계만 괜찮다면 우리는 손잡고 빠져나와
새로운 길을 찾을 수 있을 테니까.

여행은

언제나 두 번

　지안이가 18개월 정도 되었을 때, 우리는 첫 해외여행을 했다. 우기에 찾은 다낭은 다행히도 내내 날씨가 좋았다. 기온은 서울의 여름과 비슷했지만 습하지 않았고, 바람이 딱 좋은 정도로 시원하게 자주 불었다. 하늘이 아주 낮게 내려앉아서 먼 풍경을 보면 하늘과 땅의 비율이 비현실적이었다. 건물들도 나지막해 시야가 시원하게 트였고, 새하얀 적운이 매일 모양을 바꾸며 넓고 파란 하늘을 이국적으로 장식했다. 공항에서 리조트로 이동하면서 벌써, 다낭이 너무 마음에 든다고 아내에게 말해버렸다.

　걱정과 달리 지안이는 몸 상태도 기분도 아주 좋았다. 자고 있는 아이를 안고 나와 아침 일찍 출발하는 일, 네 시간 반을 비행기에서 재우고 먹이고 심심하지 않게 하는 일, 땀 많은 아이와 더운 나라를 거니는 일 등등 걱정이 많았지만 지안이는 잘해냈다. 밥도 늘 양껏 먹고, 직화로 구운 꽤 큰 생선 한 마리를 간단히 초토화하는 먹성도 보였다. 물놀이도 흠뻑 즐기고선 아주 곤하게 잤다. 바닥에 발이 닿지 않는 수영장보다는 파도가 끝없이 밀려와 몸에 부딪치는 해변을 더 좋아했다. 호이안과 다낭의 밤거리를 활짝 웃으며 여기 기웃 저기 기웃 자신감 넘치게 걸었다. 어느새 이런 여유를 누릴 수 있을 정도로 아이가 컸다는 게 신기했다.

여행은 아내와 내게도 새로웠다. 늘 발품 파는 여행을 해왔는데, 이번엔 지안이를 위해 휴양을 택했다. 신혼여행을 제외하곤 처음이었다. 이틀씩 머문 두 숙소는 너무나 예뻤다. 첫 숙소는 로비, 수영장, 바다가 일직선으로 탁 트인 전망이 좋았고, 두 번째 숙소는 모래놀이를 제대로 할 수 있는 냇가 형태의 수영장과 짐을 풀고 깔끔하게 정돈할 수 있었던 객실, 해변에 매달아놓은 해먹이 좋았다. 아침 먹고 물놀이 하고, 점심 먹고 아이 낮잠 재우고, 저녁엔 외출하는 느긋한 여행이었다.

호이안의 밤은 하늘이 마지막으로 짙게 발하는 푸른빛과 색색의 등불이 어우러져 매력적이었다. 그 빛깔을 오래 머금어온 옛 거리는 들뜨지 않고 자연스러웠다. 오래 산책하고 싶은 풍경이었다. 다낭 시내의 대성당(핑크성당)은 아이들 찬송

소리가 건물과 공명해 성스럽게 느껴졌다. 성당의 꼭대기를 올려다보니 마침 바로 옆에서 달이 은은하게 빛나며 성스럽고 평온한 분위기를 아스라하게 만들었다.

하지만 여행이 만족스럽기만 한 건 아니었다. 여행을 준비하면서 거의 책을 읽지 못했기 때문이다. 나는 여행 계획을 세울 때 책부터 찾는다. 내가 가는 지역의 역사와 문화, 정치 경제 등에 대해 좀 더 깊게 알고 싶기 때문이다. 유홍준 교수의 《나의 문화유산답사기》를 통해 유명해진 "사랑하면 알게 되고, 알고 나면 보이나니, 그때에 보이는 것은 전과 같지 않으리라"는 말처럼, 그 지역에 대해 알고 가면 여행에서 볼 수 있는 게 더 많다고 믿기 때문이다.

파리 여행을 떠날 때는 책을 마흔 권 정도 읽었다. 사실 그렇게까지 많이 읽으려던 건 아니었지만 관련 책이 워낙 많다 보니 욕심이 났다. 시테섬에서 시작된 파리가 점차 확장해가는 과정, 종교의 뜨거움과 혁명의 뜨거움이 지금의 도시에 남긴 흔적, 예술가들의 이야기, 프랑스 내 극우파의 성장 등을 알고자 하니 읽을 책이 끝없이 있었다. 센강의 다리 하나하나, 루브르 미술관의 작품 하나하나에 얽힌 이야기까지 책에 있었다.

그렇다 보니 이미 가기도 전에 파리를 다녀온 것 같았다.

책의 문장과 삽화를 바탕으로 머릿속에서 파리의 과거와 현재가 연상되었다. 책을 읽으면서 시공간을 누비는 것도 분명 하나의 여행이었다. 물론 눈으로 보고 그 공간을 실제로 거닐어보는 것도 좋았지만, 아무래도 눈은 현재의 풍경에 시선을 빼앗겼다. 아무리 책을 읽고 왔어도 책을 볼 때보다는 눈앞에 시선을 두게 되었다. 그 여행을 통해 나는 확실한 생각을 갖게 되었다. 내게 여행은 언제나 두 번이라고. 책으로 한 번, 몸으로 한 번. 책을 읽은 여행과 읽지 않은 여행은 눈에 들어오는 것이 다르다. 같은 비행기를 탔어도 다른 도시에 도착하는 셈이다.

다낭 여행을 준비하면서도 두 번의 여행을 기대했다. 이제는 아이가 있으니 파리에서처럼 다닐 순 없겠지만, 책으로 떠나는 여행은 충분히 가능하리라 생각했다. 얼핏 살펴본 다낭의 역사는 무척 흥미로웠다. 책탐이 절로 일었다.

다낭으로 떠나니 당연히 베트남 여행이라고 해야겠지만, 역사를 살펴보면 꼭 당연한 것만은 아니다. 지금의 베트남은 베트남 북부에 나라를 세운 비엣족이 남쪽으로 밀고 내려와 만들어졌다. 다낭은 비엣족에 점령당한 15세기까지는 참족이 세운 나라 '참파'의 중심지였다. 비엣족이 중국과 유교의 영향을 받았다면, 참파는 인도와 힌두교의 영향을 받았다. 베트남과 참파는 국경을 맞대고 있었지만 문명의 근본 자체가 달랐던 나라다.

다낭은 또한 외부 세력의 출입문이었다. 프랑스가 베트남을 식민지로 삼을 때 들어왔던 곳이 다낭이었고 베트남전쟁 때 미군이 들어온 곳도, 한국에서 파병한 청룡부대와 맹호부대가 도착한 곳도 바로 다낭이다. 현대 베트남 역사에서 '적'으로 여겨지는 주요 세력들(참파, 프랑스, 월남군–미군–한국군)이 거점으로 삼은 도시라는 점에서 다낭은 베트남 역사의 일부지만, 다른 색깔을 지닐 수밖에 없는 도시다. '적'들의 흔적과 영향이 여기저기 아로새겨져 있다.

하지만 이런 역사를 책으로 읽지 못했다. 두 가지 이유에서다. 우선은 예전만큼 시간이 없었다. 다른 한 가지 이유는 아직 동남아시아에 대한 책은 중국, 일본 등 동아시아나 유럽권을 다룬 책에 비해 그 수가 적다는 것이다. 늘어나고 있는 추세지만 아직 미미하다. 베트남전쟁에 관한 책이나, 최근 주목받는 베트남 경제에 관한 책은 있었지만 전근대 베트남에 대해 읽을 수 있는 책은 거의 없다. 그나마《새로 쓴 베트남의 역사》가 있어서 베트남사 전체를 개략적으로 읽을 수 있었다. 하지만 이마저도 '비엣족'의 확장을 중심에 두고 서술된 책이라, 참파에 대해서는 잘 알 수 없었다. 다낭을 알기는 쉽지 않았다. 다낭 여행은 내게 두 번 떠나지 못한 여행이라 아쉬움이 남았다.

여행짐을 꾸릴 땐 황석영의 소설 《무기의 그늘》을 챙겼다. 이 소설의 배경이 바로 다낭과 인근 지역이다. 전쟁을 다룬 소설이지만 전투 묘사는 그리 많지 않다. 전쟁통의 혼란 속에서 미군의 군수물자가 어떻게 다낭의 지하경제로 흘러 들어가는지 보여주는데, 전쟁에서 보아야 할 것은 전선의 이동만이 아니라 돈의 이동이라는 사실을 알게 되었다. 라루 맥주 한 캔을 따고 리조트의 푹신한 의자에 앉아 책을 읽었다. 풀빌라와 리조트가 즐비한 이 해변은 소설에서는 전쟁 물자를 보관하는 창고들이 가득했던 곳으로 묘사된다. 소설 속 풍경과 내 눈 앞의 풍경이 대비되며 다낭이 겪어온 시간에 대해 잠시 생각했다. 책과 함께하는 여행을 다시 한 번 신뢰하게 되었다.

몸으로 먼저 겪은 다낭이 만족스러웠기 때문에 또 한 번 가보고 싶다. 그때는 꼭 책으로 먼저 떠나볼 수 있으면 좋겠다. 다낭 사람들의, 동남아 휴양지 시민들의 삶에 대한 책도 함께 읽으면 여행에서 보는 시야가 더 넓어질 것 같다.

발리로 신혼여행을 갔을 때 내가 묵은 풀빌라의 하루 숙박

금액이 가이드 아저씨의 4인 가족 한 달 생활비란 얘길 들었었다. 물론 우리에게도 부담 없는 비용은 절대 아니었지만 숙연해지지 않을 수 없었다. 다낭이 주는 만족감의 절반 정도도 그런 식으로 제공된다. 예를 들면 공유지라 할 수 있을 해변을 리조트나 풀빌라마다 일정 구간씩 독점해서 제공한다. 결과적으로 외국인들은 한적한 해변에서 여유를 즐기고, 다낭 시민들은 인파로 바글바글한 해수욕장에 갇힌다.

이 도시에 무엇 하나 기여한 것 없는 내가 이 도시를 지탱하는 사람들에게 친절한 서비스를 제공받으며 멋진 풍광을 즐기는 것. 좋긴 하지만 이런 여행이 옳은가 고민되다가도, 여행을 가지 않는 식으로 해결될 문제도 아닌데 뭘 또 그렇게까지, 라는 생각도 든다. 이런 얘기를 주위에 하면 "거기 가서 돈을 많이 써주는 게 더 돕는 거야"라는 답을 듣기도 한다. 현실적으로 옳은 말일 수 있다. 하지만 돈을 '써주는' 사람과 손님이 돈을 쓰게 받들어야 하는 사람의 관계가 고정되어 있다는 현실에 시선을 두지 않는 말이라 그저 수긍하기만 할 말은 아니다. 답은 아직 모르지만 다낭은 다시 가보고 싶으므로, 아마 우리는 또 휴양지로 향할 것이다. 이 복잡한 문제에 대해 그때는 조금 더 진전된 생각을 하고 싶다. 책의 도움으로.

아이를
'올바르게' 키운다는 것

아이와 맺어온 관계에 자신감이 제법 쌓였지만 올바르게 기르고 있는지 자신하기는 어렵다. 틈틈이 육아서를 읽으며 도움을 얻으려 했다. 훈육의 원칙이나 상황 대처에 대해 꽤 많은 요령을 얻었다. 하지만 아이와 함께 나누고픈 가치관이랄까, 부모로서 아이에게 어떤 롤모델이 되어야 하는가를 다룬 이야기는 찾기 어려웠다. 내 시선을 빼앗은 책은 다소 뜬금없다. 박노자의 《러시아 혁명사 강의》다.

어린 시절 트로츠키는 소작료를 내지 못한 소작농을 질책하는 아버지를 목격합니다. 아버지는 고소를 하겠다고 협박했고, 농민은 아버지 앞에서 떨고 있었지요. 이를 목격한 트로츠키는, 자신에게 따뜻했던 아버지가 소작농에게는 얼마나 가혹한 존재인지 알게 됩니다. 그날 이후 아버지가 왜 그렇게 가혹한 사람인지에 대해 탐구하기 시작했고, 결국 트로츠키는 아버지가 가혹한 게 아니라 체제가 아버지를 가혹하게 만들었다는 걸 알게 됩니다. 체제의 논리를 이해하게 된 것이지요.

— 박노자, 《러시아 혁명사 강의》(2017, 나무연필)

많은 육아서가 부모의 역할을 강조한다. 실제로 아이를 키우면서 이 점을 강렬하게 느낀다. 아이들은 부모가 의식하지 못하던 습관이나 말버릇까지 따라한다. 편안하게 느껴야 할 사람과 경계해야 할 사람을 부모를 보고 직감한다. 아이를 가르치는 것은 나를 돌아보는 것과 동의어다. 이런 사실에 강박을 느껴 아이의 행동 하나하나를 보며 자책하는 것은 경계해야 하겠지만 부모 자신의 삶을 잘 세워나가야 한다는 것은 부정할 수 없는 사실이다.

트로츠키의 이야기를 읽고 부모 자신의 삶을 잘 세워간다는 것이 단순히 바른 습관이나 규칙을 일러주고 아이에게 따뜻한 부모가 되는 것을 넘어서는 과제라는 걸 깨달았다. 아이는 부모가 자신을 대하는 모습뿐 아니라 부모가 세상을 대하는 모습도 바로 옆에서 목격한다. 그런 부모를 통과해 결국 세상으로 나아간다. 아이가 세상을 대하는 태도는 부모가 세상을 대하는 태도와 깊은 연관을 맺을 수밖에 없다.

2018년, 한 언론사 사주의 초등학생 손녀가 운전기사에게 "아저씨는 해고야", "죽었으면 좋겠어" 같은 폭언을 한 사건이 좋은 예다. 이 사건을 아이의 타고난 인성 탓이라 보거나, 어떤 '명시적인 교육'의 결과라고 보기는 힘들 것 같다. 아이가 부모를 비롯한 주위에서 보인 자연스런 태도를 흡수해 그랬다고 보는 게 맞을 듯하다. 이런 예는 주위에도 많다. 폐지나 고물을 수거하는 노인을 지나치며 "공부 안 하면 너도 나중에 폐지나 줍는다"라거나 환경미화원을 보면서 "너, 요새는 저런 일도 대학 나와야 된대. 박사도 있대"라 말하는 사람들을 보면 존중받아 마땅한 노동을 손쉽게 폄하하는 태도가 그 아이들에게 어떤 영향을 미칠까 걱정된다.

나는 고등학생이 되어서 설거지와 청소를 도와달라는 엄마의 말에 "그건 엄마 일이잖아"라고 대꾸하기도 했는데, 가사노동은 늘 엄마가 전담하는 것이 내가 보고 자란 세상이기 때문이었다. 좋은 부모가 되기 위한 고민은 아이를 대하는 태도뿐 아니라 세상을 대하는 태도를 성찰해보는 데까지 다다라야 할 것 같다.

트로츠키의 아버지는 가족에겐 따뜻했지만 소작농에겐 가

혹했다. 이런 태도를 이중인격의 소산이라 볼 수도 있지만 트로츠키는 체제의 논리로 이해했다. 여기서 말하는 '체제의 논리'란 당시 러시아의 사회체제에선 누군가의 몫을 더 가져오거나 누군가를 더 약자의 위치에 붙박아둬야 내 가족에게 윤택한 환경을 제공할 수 있었다는 걸 말한다. '따뜻하면서 가혹한 사람'이라는 말은 모순적으로 들리지만, 당시 체제에서는 자연스럽고 논리적인 귀결이었고, 아버지는 그 논리를 고스란히 받아들였을 뿐이라고 트로츠키는 생각했다.

그런데 요즘이라고 다를 것도 없다. 식당의 불친절한 서비스에 대하여, 쇼핑몰 고객센터의 느린 응대에 대하여 우리는 이따금 목소리를 높이게 된다. 자신이 돈을 내는 입장에 서 있을 때다. 하지만 내게 월급을 주는 사람에게는 대들기 쉽지 않다. 우리는 '항의에 능할 뿐만 아니라 꾹 참기도 잘하는 사람'이다. 월급을 주는 사람들이 유난히 착하고 우리에게 서비스를 제공하는 사람들이 유난히 나빠서가 아니다. 받을 돈에 지장을 주는 일은 최소화하고 쓰는 돈으로는 최대한 뽑아내야 우리의 삶이 윤택해진다 여기기 때문이다.

이런 태도를 일부러 아이에게 가르치는 부모는 없을 것이다. 하지만 의식하지 못하는 사이에 우리에게 묻어 있기 마련이다. 아이들은 부모들의 무의식적인 태도로부터도 배운다.

막연하게나마 조금은 함부로 대해도 되는 사람과 그러면 안 되는 사람에 대한 감을 잡는다.

사회규범을 아이에게 전수하는 것은 부모의 역할 중 상당한 부분을 차지하는 일이다. 아이는 이 사회의 구성원이 되어야 하기 때문이다. 하지만 바로 이 대목에서 깊이 성찰해야 좋은 부모가 될 수 있다. 이 세상이 만들어온 자연스런 태도들을 내 아이에게 그대로 전수해도 괜찮은지 한번 생각해볼 일이다. 좋은 부모란 사회규범을 아이에게 전달하는 '사회의 전령'인 동시에, 우리 사회의 일상적인 모습들을 경계하고 성찰하며 아이에게 전하는 '보호막'이 되어야 한다.

이런 마음을 잊지 않아야겠다고 생각하는데 다행히도 결코 잊지 않도록 도와주는 곳들이 요즘 많다. 바로 '노키즈 존'이다. 아이가 태어나기 전에는 눈에 잘 띄지 않았지만 지금은 주위에 꽤 많이 보인다. 얼마 전엔 내가 자주 가던 카페의 구석에 '노키즈 존'이라는 표시가 있는 것을 뒤늦게 발견하고 나오기도 했다. 아이와 함께 있지는 않았지만 왠지 등 떠밀리는 기분이었다.

아이의 고성이나 제어되지 않는 행동이 가게의 고유한 분위기나 다른 손님에게 나쁜 영향을 미쳐 영업 방해가 될 수도 있고, 아이가 있는 가족은 테이블 회전율을 낮추기도 할 것이다. 아이라고 모든 행동이 용인되어서는 안 되고, 다른 사람과 함께 있는 공간에서의 예의는 강조해도 지나칠 것 없으며, 자영업자의 소득도 중요한 문제다. 그러니 아이와 그 가족을 향한 불만을 이해할 수는 있다.

하지만 그런 이유로 아이들을 애초에 분리하고 나면 아이는 마땅한 경험을 하고 자랄 기회를 잃는다. 여러 사람이 있는 공간에서 무엇은 해도 되는 행동이고, 무엇은 하지 않아야 하는 행동인지를 집에 틀어박혀서 가르칠 도리는 없다. 아이들이 가득하고 웬만한 행동은 다 너그러이 용인되는 키즈 카페에서도 마찬가지다. 그런 의미에서 '노키즈 존'은 한 아이와 부모가 다른 사람들 속에서 성장해가는 배움의 장을 봉쇄해버리는 것이나 다름없다.

"아이들이 훌륭히 자라야 하니 자영업자 여러분, 다른 손님 여러분 참아주세요"라고 말하는 것으로 여겨진다면, 오해다. 아이들은 실제로 폐를 끼칠 수도 있고, 그렇다면 조용히 해달라고 하거나 상황에 따라 나가달라고 할 수도 있다. 부모 역시 아이에게 주의를 주어야 하고 필요하면 데리고 나올 수 있어야 한다. 그리고 바로 그 순간 '교육'이 실행된다. 아이는 자신의 행동이 다른 사람에게 어떤 영향을 미치는지 이해하는 좋은 경험을 한 것이고 그로부터 영향을 받을 것이다.

아이가 어떤 행동을 하든 용인해야 한다는 게 아니라 아직 일어나지도 않은 행동을 근거로 사전에 입장 자체를 차단하는 것은 잘못이다. 이 정도 이해를 구하는 것도 힘든 일일까. 실제로 아이들보다 더 큰 소리로 떠들어 주위의 시선을 받는 (그러나 아랑곳 않는) 어른들의 출입을 막거나 이에 항의하는 일은 거의 없다. 특혜를 요구하는 게 아니라 동등한 대우를 바라는 것이다. 이 정도는 합의할 수 있길 나는 소망한다.

이런 세태 속에서 아이를 올바르게 키운다는 것은 무얼 말하는 걸까. "저기는 노키즈 존이네. 우리는 못 들어가겠다. 다른 곳에 가자"라고 하며 세상 흐름을 당연시하는 것일까. "어른들이 너희들 행동을 좋아하지 않는다"라고 곧이곧대로 말하며 "들어가고 싶으면 몸가짐을 바르게 하라"고 시시때때로 주의를 주어야 할까.

이 순간 부모들은 사회의 '전령'이 아니라 아이의 '보호막'이 되어야 한다. 압력에 순응하며 이런 분리 조치를 자연스럽게 받아들이기보다, 이는 대단히 이상하고 잘못된 것이며 이런 행동을 배워서는 안 된다고, 어른들의 행동에선 배울 점도 있지만 배우지 말아야 할 것도 많다고 알려주어야 한다. 만약 지안이가 묻는다면 나는 이렇게 이야기해주고 싶다.

"너희들이 가지 못할 곳은 없어. 아이들도 어른들처럼 어디서나 환대받을 자격이 있어. 다른 사람들과 함께 있는 공간에서 예의를 지키지 않는다면 거기서 나와야 하지만, 아예 들어갈 수도 없게 하는 건 저 어른들의 잘못이야."

생각할

시간을 주세요

얼마 전 인턴을 채용하는 자리에 면접관으로 들어갔다. 사흘 동안 꼬박 지원자들을 만났다. 누군가를 짧은 시간 안에 판단하는 건 늘 어렵다. 물론 눈에 들어오는 특징은 있다. 긴장하는 사람과 긴장하지 않는 사람은 쉽게 구분이 된다. 시선을 자연스럽게 주고받으며 또박또박 자신의 생각을 전하는 사람이 있는가 하면 눈을 마주치지 않고 바닥이나 허공을 보며 답하는 사람도 있다. 다른 면접자가 답변할 때 그의 이야기에 귀 기울이는 사람과 딴생각을 골똘히 하는 듯한 사람도 있다. 하지만 이런 특징들을 어떻게 해석해야 하는지는 쉬운 문제가 아니다.

이번 면접은 꽤 길었다. 네 사람이 한 조로 들어와 40분에서 1시간가량 진행했다. 그러다 보니 자세나 반응이 바뀌는 이들이 보였다. 초반에 긴장해 말을 제대로 잇지 못하던 지원자가 시간이 지나며 기를 펴는 경우가 꽤 있었다. 더듬던 말들이 차분해지고 시선도 안정되었다. 한 지원자가 "잠깐 생각 좀 하고 답을 해도 되겠습니까?" 말한 뒤 숨을 고르더니 비로소 자기 생각을 명료하게 밝히기 시작했다. 긴장이 약간만 풀려도 이렇게 달라지는데 평소의 모습은 얼마나 다를까. 우리는 함께 오래 일할 사람을 찾는데, 면접 자리에서는 다들 경직되니 그 모습이 짐작되지 않는다.

사람을 알아보는 일에는 시간이 필요하지만, 판단은 내려야 했고 시간이 필요하다 해서 면접을 수십 번 볼 수는 없는 노릇이라, 나름 최선을 다해 생각을 정리했다. 하지만 충분히 시간을 들이지 못하고 누군가를 평가하는 일은 늘 찜찜한 기분을 남긴다.

사람뿐만이 아니라 책을 판단하는 일도 그렇다. 서점에서 일하다 보니 "꼭 도서 MD가 되고 싶습니다", "저는 정말 책을 좋아합니다"라는 말을 면접 자리에서 많이 듣는다. 책에 애정을 지닌 사람을 만나는 일은 언제나 반갑다. 하지만 이들이 서점에 입사해 해야 할 중요한 일은 책을 선별하는 일이다. 몇몇 책을 따뜻한 손길로 어루만지고 각별하게 소개할 수는 있겠지만, 몇 배나 더 많은 책들을 흘려보내야 한다. 몇몇 책은 판매가 시작되기 전부터 충분한 재고를 갖춰두지만 어떤 책들은 보유하지 않기도 한다. 서점은 책에 고르게 애정을 쏟지 않는다.

이렇게 선별하는 작업은 피할 수 없다. 인터넷 서점이든, 오프라인 서점이든 책을 소개하는 자리에는 공간의 한계가 있다. 아니 공간의 한계가 없어서 끝없이 책을 놓아둘 수 있다 하더라도 그 안에서 목 좋은 자리와 그렇지 않은 자리의 차이는 나기 마련이다. 어떤 책을 좋은 곳에 놓을지 선별하는 일은 결코 피할 수 없다.

재고 또한 그렇다. 물류 공간의 제약으로 모든 책을 갖추는 것은 불가능하다. 혹여 공간적 제약이 없다 하더라도 판매되지 않는다면 결국 반품 문제가 생긴다. 반품은 출판사의 경영에서 매우 중요한 문제다. 반품 과정에서 책이 파손되기도 하고, 반품 문제 때문에 도서를 추가 제작하는 시점을 판단하거나 그에 따른 자금 운용 계획을 세우기 어렵게 된다. 보유한 재고가 모두 소진되어 추가 제작을 했는데 나중에 앞서 제작해서 내보냈던 책이 많이 되돌아와 곤란한 표정을 짓는 출판사 직원들을 꽤 많이 봤다. 그래서 서점 직원에게는 책을 많이 파는 것도 중요하지만 반품을 하지 않는 일도 중요하다. 어떤 책을 얼마만큼 들여놓을지 늘 적절히 판단해야 한다. 판단의 결과 어떤 책은 많이 보유하고 어떤 책은 들여놓는 데 자제하게 된다.

아쉬운 점은 이런 판단이 너무 촉박하게 이뤄진다는 것이다. 책을 선별하는 일이 결코 피할 수 없고, 그래서 중요한 일이라면, 그만큼 심도 있게 검토하고 싶다. 내가 왜 이 책을 골랐고 저 책을 고르지 않았는지 명확한 근거를 갖고 싶다. 책을 읽고 검토할 시간은 턱없이 부족하다. 아니 부족하다기보다 없다는 게 맞을 것이다. 발주하랴, 판매 이벤트 준비하랴, 거래처와 미팅하랴 바쁘다. 어떤 책을 잘 보이는 곳에 놓을지, 어떤 책을 몇 부나 보유할지는 대개 순간적인 감각으로 결정한다.

물론 짧은 시간에 감각적으로 내리는 판단이 허술하기만 한 것은 아니다. 경력이 쌓이면 쌓일수록, 표지와 제목, 지은이, 책의 메시지, 출판사의 (자본력이 포함된) 능력 정도를 파악하면 판매고를 예상할 수 있고, 실제 판매량도 거기서 많이 벗어나지는 않는다. 이 정도만으로도 매출 관리와 재고 관리에 안정을 기할 수 있게 된다.

하지만 아무리 경력이 늘어도 할 수 없는 게 있다. 아직 시장에서 충분히 주목받지 못한 책들의 가치를 알아보고 알리는 일이다. 이런 작업은 책을 제대로 검토하지 않고서는 불가능하다. 출판사 담당자로부터 "아니 왜 이 책은 소개해주지 않는 겁니까?"라는 하소연도 여러 차례 들은 바 있다. 나름의 답을 했지만, 스스로 생각하기에도 합당한 답을 한 적은 단 한 번도 없다. 그 책을 제대로 검토하지 못했으므로.

그러므로 책을 읽고 생각할 시간을 늘 원한다. 회사에서는 불가능한 일이니 일을 하지 않을 때는 항상 책을 읽으려 한다. 출퇴근길 지하철에서 책에 코를 박고 열렬히 읽는다. 시야가 책을 향하고 있으니 나도 모르게 출퇴근 인파 속에서 민폐를 끼친 적도 있을 거다. 그렇게 발버둥 쳐도 읽는 시간은 금세 끝난다. 집에 가서는 집안일을 하고 가족과 시간을 보내야 하므로 책 읽기에 하루 두 시간 이상을 투자하기는 힘들다.

SNS에 '#지금읽고있는책', '#출퇴근독서'라 해시태그를 달아서 읽고 있는 책을 매일 소개한다. 팔로워 수가 많지는 않지만, 내 주변 사람들에게라도 좋은 책들을 소개하고 싶어서다. 아이와 시간을 보내는 주말을 제외하고는 거의 매일 빠짐없이 글을 올리려 애쓴다. 내게는 의미 있는 일상의 행위이기 때문이다. 매출에 구애받지 않으므로 내가 소개하고 싶은 책을 자유롭고 다양하게 소개할 수 있고, 내가 실제로 읽은 책을 소개한다는 점에서 그렇다.

다만 여전히 시간이 부족해서 아쉽다. 책을 소개한다지만 이 역시 충분히 검토한 것은 아니다. 하루에 약 두 시간 동안만 온전히 '읽기'에 집중할 수 있기에 책을 읽고 내 생각을 다듬어 글로 표현해볼 시간은 여전히 부족하다. 겨우 점심시간에 10분 정도 들여서 그날의 인상적인 구절 정도를 정리해 책 사진과 함께 올린다. 책에 대한 정확한 감상과 어떤 맥락에서 이 책을 추천하는지를 상세히 알리기는 힘들다.

소설과 에세이의 비중을 조금 낮추고 더 다양한 분야의 책을 소개하는 일, 좀 더 면밀한 논의를 소개한 책을 알리는 일, 책을 추천하는 맥락을 잘 표현하면서 함께 읽으면 좋을 책으로 안내하는 일을 앞으로 신경 써서 하고 싶다. 그런데 내 일상을 조정하는 것만으로 이 일에 필요한 시간을 확보할 수 있을까. 서점의 업무 시간 내에 책을 검토할 시간을 마련할 순 없는 것일까. 아무래도 서점원으로서 나는 책을 검토할 시간뿐 아니라 서점의 업무 구조에 대해 생각할 시간도 필요한 것 같다. 서점원에게 책을 읽는 시간은 꼭 필요하고, 시간이 필요한 일에는 충분한 시간을 들여야 하는 법이니까.

충분히 시간을 들이지 못하고
누군가를 평가하는 일은
늘 찜찜한 기분을 남긴다.
사람뿐만이 아니라
책을 판단하는 일도 그렇다.

첫 직장에서

10년을

통과하며

첫 직장에서 10년 넘게 일하고 있다. 한 직장에서 10년을 채운 게 좋은 일인지 나쁜 일이지 아리송하다. 내게 잘 맞았다는 뜻이니 좋은 듯하면서도, 너무 단조로운 경력을 쌓은 게 아닌가 싶기도 하다. 요즘 작가들의 소개글을 읽으면 퇴사 경험 한번 없는 사람이 드물다. 10여 명의 입사 동기 중 남아 있는 사람은 나를 포함해 단 세 명뿐이다.

서점에 입사한 것은 계획에 있던 일은 아니었다. 내가 일하고 싶던 곳은 출판사였다. 대학을 졸업하고 독자로서 동경했던 출판사 여러 곳에 지원했지만 번번이 떨어졌다. 그러던 중 친구가 온라인 서점 채용 공고가 났다며 지원해보라고 권했다. 생각해보니 손때가 잔뜩 묻은 교정지에 고개를 파묻은 모습만큼이나 온갖 책들 사이에서 비명을 지르는 모습도 꽤나

낭만적일 것 같았다. 다행히 서점은 나를 받아들였다.

나는 처음부터 서점에서 일하는 게 재밌었다. 드넓은 책의 세계에서 내가 얼마나 구석진 자리에 머물러 있었는지 알게 되었다. 매일 도착하는 가지각색의 책은 나를 새로운 세계로 인도했다. 어떤 날은 아름다운 문장을 탐하고, 어떤 날은 세계의 운명을 걱정했다. 어떤 날은 먼 옛날의 광대한 제국을 떠올렸고, 어떤 날은 우주의 먼지와 몸속의 유전자를 상상했다. 주중에는 얇은 책을 후루룩 읽으며 출퇴근했고, 주말에는 두꺼운 책을 펼치고 밑줄을 수백 개 그어가며 읽었다.

독자들 반응도 큰 자극이 되었다. 온라인 서점이라 독자를 직접 대면하지는 않지만 독자의 움직임은 실시간으로 전달된다. 자산 시장의 변화에 따라 부동산 책이 떴다가 주식 책이 뜨기도 했고, 사회가 요구하는 것이 변화하면서 자기계발 독자와 인문학 독자가 겹치기 시작했다. 모든 사람의 손에 휴대전화가 쥐여지자 책도 휴대전화의 호흡에 적응하기 시작했다. 글은 짧아지고 책 두께는 얇아졌다. 급격한 디지털화의 반작용으로 아날로그가 재조명 받기 시작하면서는 초판본 시집 열풍이 불었다. 최근에는 페미니즘이 도저한 흐름으로 뿌리를 내리고 있다. 책의 작은 오르내림에도 사람들의 욕망과 관심사가 반영되어 있었고, 나는 세상의 복잡한 무늬를 들여다보는 현미경을 얻은 기분이었다.

좋기만 했을 리는 없다. 내가 좋아하던 작가의 예상치 못한 민낯을 보기도 했고, 독자로서 좋아하던 출판사를 더 이상 좋아할 수 없게 되기도 했다. 그런 글을 쓴 사람이, 그런 책을 출간한 곳이 어떻게…… 라며 탄식했던 적이 10년의 시간 동안 심심치 않게 있었다. 언제나 책이 열어주는 인식의 길에 찬탄을 표했지만, 그런 날엔 책이 올바른 인식을 가로막는다는 생각을 하게 되었다. 그들이 내놓은 훌륭했던 책이 그들을 위한 훌륭한 방패가 되곤 했다.

늘 책에 에워싸여 있었지만 책에 대한 갈증이 오히려 커지기도 했다. 독자로서의 나는 나름의 생각과 취향을 가진 존재다. 하지만 직원으로서 손이 많이 가는 책은 다르다. 주문이 많은 책일수록 손이 더 많이 갈 수밖에 없다. 업무와 취향을 두루 아우르며 일하려 했지만 쉽지는 않았다. 내가 정말 '좋은 책'이라고 여기는 책을 소개하는 일에 늘 목말랐다. 서점원으로서 보낸 지난 시간을 요약하자면, 좋았다거나 씁쓸했다거나 하는 말보다는 '목말랐다'는 말이 가장 적절할 듯하다. 내가 한 사람의 장인으로서, 나의 눈에 든 책을 판매하는 일에 오래 공들일 수 있길 원했다. 내가 생각하는 '좋은 책'이 '나오면 팔리는 책'으로 변모하는 일에 작은 힘을 보태고 싶었다.

현실의 나는 당장 독자가 많이 찾는 책에, 이미 많은 책을 팔아본 전력이 있는 작가의 책에 긴 시간을 할애했다. 나는 출판산업의 내부에 있고 이 큰 산업의 한 부속품이기 때문이다. 이 사실을 꼭 부당하게 느낀다거나 무력감을 느낀다고 말하고 싶진 않다. 이 산업에는 많은 사람이 종사하고, 다양한 업체들이 협력 관계를 맺고 있다. 산업의 규모를 유지하기 위해서는 상당한 매출을 올려야 하는데, 내 마음에 들어온 책들에 매진하는 것만으로는 이를 달성할 수 없다는 사실을 납득한다.

아툴 가완디는 《어떻게 일할 것인가》에서 겸자분만(자연분만이 어려울 때 집게로 태아의 머리를 집어서 끌어내는 방식의 분만)이 제왕절개술보다 분명 우월한 면이 있었음에도 겸자분만을 익히기 어려워하는 의사들이 많아서 제왕절개술이 보편화되었다고 언급했다. 같은 업종이라 해도 개인 차원과 산업 차원에서는 서로 다른 결정을 내릴 수 있다는 사실을 잘 보여준다.

하지만 의학이 산업이라면 어떨까? 미국에서만 매년 신생아가 400만 명가량 태어나는데 그들 모두에게 가급적 가장 안전한 분만술을 제공해야 한다. 그러려면 새로운 이해가 필요하다. 초점도 바뀐다. 중요한 것은 신뢰다. 4만 2000명에 달하는 미국의 산과 의사가 과연 모든 기술을 안전하게 터득할 수 있을지 의문이 든다. 임상의들이 그렇게 많은 수련을 받았어도 겸자분만으로 태아와 산모가 끔찍한 부상을 입었다는 소식이 끊임없이 흘러나오면 이를 간과할 수 없다. 아프가(신생아 건강 척도로 사용하는 방법) 이후, 산과 의사들은 진통 중인 산모가 곤경에 처했을 때 비교적 간단하고 예측 가능한 의료 처치가 필요하다는 결론에 도달했다. 그래서 찾은 것이 제왕절개술이었다.

— 아툴 가완디, 《어떻게 일할 것인가》(2018, 웅진지식하우스)

산업의 논리를 납득한다는 것이 매출 규모만 염두에 두며 일하겠단 뜻은 물론 아니다. 내가 당장 이 상황을 벗어날 수는 없음을 이해하면서, 결이 다른 방식의 일을 해나갈 능력도 키워야 할 것이다. 그러므로 내게 일을 잘한다는 것은 산업의 부품으로 작동하는 사이에도 내가 팔고 싶은 좋은 책에 관심 쏟을 시간과 에너지를 얼마나 잘 확보하느냐와 관련이 있다. 그러려면 산업이 요구하는 일에도 능숙해야 한다.

능숙함에 이르는 길은 '열심'보다는 '계속'이다. 열심히 들여다보려는 노력을 해야 하는 것은 물론이지만, 무엇보다 여러 사례를 겪어봐야 하고 비슷한 사례를 여러 번 경험하기도 해야 한다. 시간을 들이지 않고도 좋은 성과가 이따금 나올 수는 있지만 시간을 들이지 않고 능숙해질 순 없다. 능숙해지면 비로소, 내가 일하는 시간 속에 내가 사랑하는 책에 열심을 쏟을 시간도 생기기 시작한다. 계속해야 열심도 가능해진다.

10년 넘게 '계속'했더니 정말 나는 많이 능숙해졌다. 가끔씩 산업과 매출의 논리 바깥의 책에 공들일 시간을 확보했다. '교양도서 아지트'라거나 '좋은 책은 발견되어야 한다' 같은 제목을 붙인 코너에 내가 중요하게 생각하는 책들을 소개했다. 그러나 그것만으로 목마름은 해소되지 않았다. 내가 공들여 소개하는 책에 대한 독자들의 반응은 생각보다 냉랭하곤 했다. 하루에 한 부 팔리거나, 한 부도 팔리지 않던 책이 하루에 두세 부라도 나가길 기대했으나 그런 일은 자주 일어나지 않았다.

개개인의 일상에 영향을 미치는 세상의 큰 흐름에 관한 책을 소개하려 했다. 아쉽게도 드넓은 바다를 바라보듯 세상의 큰 흐름을 조망하는 책들은 대체로 독자들의 시선을 사로잡지 못했다. 먼 바다에서 불어오는 바람을 다루는 책보다는 개개인이 가까운 일상에서 봉착하는 곤란에 대해 다루는 책이 더 주목을 받았다. 둘 사이의 균형을 맞추고 싶어 내 나름으로 노력했으나 독자들의 관심을 얻기는 쉽지 않았다. 소설가 김성중이 말했듯 '바다의 시대'는 지나갔다.

> 내륙 국가인 볼리비아에는 묘하게도 해군이 있다. 패전 후 영토를 뺏기고 남미 최빈국으로 전락한 볼리비아는 자신들의 지도에서 바다가 사라진 이후에도 해군을 해체하지 않았다. 오늘날 볼리비아 해군은 해발 삼천팔백십 미터에 있는 티티카카 호수에서 배를 탄다. 2년 전 내가 티티카카에 갔을 때 바다 없는 해군들은 하얀 제복을 입고 열심히 훈련을 하고 있었다.
>
> 문학이 전체성의 바다를 잃어버린 후에도 작가들은 호수에 배를 띄우고 훈련을 한다. 더 이상 도스토옙스키나 멜빌, 마르케스처럼 인류 자체를 폭로하겠다는 야심과 역사를 하나의 캐릭터처럼 간주하는 포부와, 위대함에 대해 쓰고 싶은 욕망을 숨기지 않는 작가들은 사라진 게 아닐까. 정확히 말해 그런 작가들이 탄생할 수 있는 바다의 시대는 지나가버리지 않았는가라는 의심을 나를 포함한 대부분의 독자가 품고 있는데도 말이다.
>
> ─ 김성중, 《국경시장》 중 〈작가의 말〉(2015, 문학동네)

'바다의 시대'가 지나간 후 서점에 발을 들인 것이 아쉽다. 내가 소개한 책에 독자들이 반응할 때 MD들은 희열을 얻는다. 나는 아쉽게도 그런 희열을 자주 느낄 순 없었다. 하지만 그래서, 더 오래 서점 일을 하고 싶다. 파도란 밀려왔다가 밀려가고, 또 다시 밀려올 수도 있는 것 아닌가. 나는 늙은 서점 직원이 되어 바다의 시대를 맞이하고 싶다. 그때까지 내가 애정하고 중요시하는 책들을 꾸준히 소개하는 '볼리비아의 해군'이 되고 싶다. 그리고 서점원으로서 독자들과 더 넓은 접점을 형성할 수 있도록 내 실력을 갈고닦고 싶다.

이런 희망에도 불구하고 서점 직원으로 늙을 수 있을지는 알 수 없다. 한 회사에서 정년을 채우고 떠나는 세상은 이미 허물어졌고 온라인 서점 직원이 사십 대를 완주해낸 사례도 현재로선 거의 없다. 이익이 거의 나지 않는 업계에서도 나름 경쟁은 또 치열한데 시장 규모는 커지지 않고 있다. 채용 인원이 대폭 늘어나기는 힘든 상황이다. 그렇다고 신입사원을 뽑지 않는 것은 아니다. 현재 주요 도서 구매층은 사십 대이고 업계에선 젊은 독자를 확보하는 일이 관건이다. 그 독자들과 통하는 감각을 지닌 직원들이 필요하다. 그러니 이 업계에서 언제까지 회사 생활을 할 수 있을지는 아무도 알 수 없다.

게다가 서점 직원, 특히 온라인 서점 직원은 인공지능이 쉽게 대체할 수 있는 자리다. 각 도서의 주문 수량이나 개별 독자의 취향에 맞춤한 책을 추천하는 일은 잘 설계된 알고리즘이 대신할 수 있을 것이다. 판매량뿐만 아니라 독자들의 평점, 포털의 기사와 댓글 데이터베이스, SNS 명사들의 한마디를 가져와 늘어놓으면 잘 팔릴 책뿐만 아니라 시의적절한 책이 무엇인지도 알아볼 수 있을 것이다. 잘 키운 인공지능은 MD의 일자리를 심각하게 위협할 수 있다. 다만, 작은 업계라 자본 을 집중 투여하기 힘들어서 인공지능이 다소 더디고 미흡하게 도입될 것 같아 그나마 다행이다.

그러니 서점 직원으로 늙어갈 수 있을지에 대해 확신할 수 없다. 변수가 많다. 어쩌면 제2의 직업을 준비하는 게 옳은 선택인지도 모른다. 하지만 나는 단조로운 경력을 가급적 유지하고 싶다. 한 장 한 장 책을 읽으며, 업계의 좋은 분들께 가르침을 받으며, 서점 직원으로 늙어갈 수 있기를 희망한다. 다시 '바다의 시대'가 도래했을 때 내가 서점의 어느 구석진 자리에 걸터앉아 있길 희망한다.

제 아무리 인공지능의 시대가 오더라도, 바다의 시대를 꿈꾸며 최근 시장 흐름과 거리를 둔 책을 읽고 추천하는 일까지 인공지능이 할 수 있을까? 고객 데이터에는 충분히 드러나지 않았지만 분명히 중요한 세상의 흐름에 대해 책을 추천하는 일까지 인공지능이 할 수 있을까? 나는 서점엔 계속 사람이 필요하다 믿는다. 자기 일을 오래 갈고닦은 사람이 필요하다 믿는다. "꾸역꾸역 들인 시간이 그냥 사라져버리지는 않는다"라는 말에 기대어 내 일을 계속, 계속해가고 싶다.

> 계속하는 것과 열심히 하는 것은 다른 종류의 문제다.
> 계속하다 보면(언제나 열심히는 아니더라도) 그것만으로
> 이르게 되는 어떤 경지가 있다. 당장의 '잘함'으로 환산되지
> 않더라도 꾸역꾸역 들인 시간이 그냥 사라져버리지는
> 않는다(고 믿고 싶다).
> ─ 제현주, 《일하는 마음》(2018, 어크로스)

후기

다만 좋아하는
일을 이어가려고

약 2년 동안 〈채널예스〉의 '솔직히 말해서' '아이가 잠든 새
벽에' 두 코너에 글을 썼다. 가만히 두면 흘러가버릴 것들을
글로 남기는 일은 멋진 경험이었다. 한 시절이 더 각별하게
느껴진다. 물론 글을 쓰는 시간은 그냥 생기는 게 아니어서,
새벽에 카페로 나가 하품 쏟아내며 글을 썼다. 포기한 잠이
많다.

누가 강제하지도 않는데 왜 그렇게 피곤하게 사는지, 누군
가는 딱하게 생각할지도 모르겠다. 이 책을 보면 알 수 있듯
이 내가 대단한 무엇을 하는 게 아니니 더욱 그럴 것이다. 직
장인으로서 내 일을 생각하고, 연인으로서 아내를 생각하고,
부모로서 아이를 생각하고, 시민으로서 세상을 생각하는 일
은 결코 대단하지 않다. 매일 책을 읽고, 일기를 쓰고, 아이의

성장에 관심을 기울이는 일은 한 권의 책이 되기에 너무 평범하게 느껴지기도 한다. 그것은 너무나 당연한 일이어서, 일상이 되어야 할 일이다. 잠을 포기하고 밥을 혼자 급하게 먹으며 추구할 일은 아닌 것만 같다.

그러나 현실의 일상은 이미 꽉 짜여 있어서 이 당연한 일을 하려면 시간을 짜내야 했다. 세상에 '당연한 일'은 있었지만 '당연한 일을 할 시간'은 없었다. 회사가 할당하는 업무와 아이와 생활이 요구하는 일을 수행하다 보면 어느새 하루가 저물고 한 계절이 흘렀다. 일, 가족, 세상. 내게 중요한 것들을 내 머리로 생각해보고 나름의 방향을 잡거나 기준을 세울 시간이 없었다. 밥이나 잠, 가장 근간이 되는 것들을 줄이지 않고서는 도통 방법이 없었다. '칼퇴근'할 수 있는 회사에 다니는 데도 그랬다.

세상은 우리에게 할 일은 많이 주고 시간은 조금 주었다. 당연한 일들이 당연해질 수 있도록 세상의 시간 구조가 바뀌었으면 하는 바람을 나누고 싶다. 한 사람의 인생에 요구되는 다양한 역할들, 그 역할들이 부여하는 당연한 일들을 하는 것만으로도 인생은 너무나 바쁘다는 사실을 이 책에서 말하고 싶었다.

당연한 일이라지만, 모두가 이 당연한 일들을 무엇 하나 빠짐없이 해야만 한다는 건 아니다. 자신의 일에 보다 높은 가치를 두는 사람도 있을 수 있다. 또 가족관계도 저마다 다르고 요즘은 가족의 형태도 다양하다. 어느 한 가지 일에 몰두하고 매진하는 사람들도 세상에는 분명 필요하다. 각자 마주하는 다양하고 당연한 역할을 어떤 비율로 조합하느냐는 저마다 다른 게 당연하다. 다만 나는 여러 역할을 균형 있게 수행하는 삶을 원하고, 그런 삶이 가능한 여건이 만들어지길 원한다. 그리고 '균형 있는 삶'이 내게만 가치 있는 일은 아닐 것이라고 믿는다.

대단한 삶을 꿈꾸는 것은 아니다. 그저 내가 중요하게 여기는 것들, 생각해볼 필요를 느끼는 것들에 대해 할 수 있는 만큼 열심히 생각하고 싶을 뿐이다. 생각만으로 삶이 깊어지는 것은 아니지만, 생각 없이는 깊어질 수 없으므로. 가족에 대해서, 일에 대해서, 세상과 동료 시민에 대해서 나는 더 깊게 생각하는 사람이 되고 싶다. 생각해볼 것들에 대해 생각하는 모습. 이게 내가 원하는 내 모습이다. 아이에게 보여주고 싶은 내 모습이기도 하다. 더디더라도 멈춤 없이 노력을 기울여가겠다.

물론 시간은 여전히 없을 거다. 잠을 줄이는 방식으로 글을 쓰는 것도 오래가기는 힘든 방식이다. 마땅한 방법은 없다.

그저 일상에서 생기는 불규칙한 틈들을 하나하나 그러모아서 조금씩 조금씩 생각을 전진시켜 갈 뿐이다. 이 많은 생각거리를 이 부족한 시간들로 감당할 수는 없겠지만, 매일 조금씩은 더 나아갈 수 있지 않을까. 마침 2020년 2월부터 퇴근 시간이 5시로 당겨졌다. 내게 더 주어진 한 시간을 지혜롭게 쓰겠다.

〈채널예스〉연재는 내게 좋은 기회였다. 글을 쓰기 위해서는 일단 시간을 만들 수밖에 없었고, 생각을 해야 했고, 글을 쓰는 동안에도 계속 생각이 일어났다. 일상을 덮치는 피로에 휩쓸리지 않고 생각을 하게 되는 큰 계기가 되었다. 제안해준 엄지혜 기자에게 정말 감사하다. 여러 모로 내게 좋은 출발점이 되었다.

마감이 연이어 다가오는 글을 써보는 건 처음이었다. 마감이 있으니 글을 지속적으로 쓸 수 있었지만, 동시에 마감에 쫓기다 보니 원하는 만큼 충분히 생각해보지 못하고 쓴 글이 많고, 써보고 싶은 이야기를 아예 못 쓰기도 했다. 다행히 연재 원고가 단행본 출간으로 이어져 점검해볼 수 있는 기회가 생겼다. 푸른숲 출판사 조한나 편집자의 안내와 조언이 내게 큰 도움이 되었다. 원고와 생각이 조금이나마 더 가다듬어졌다면 그 덕분이라고 생각한다.

그럼에도 불구하고 내 능력이 부족해서 여전히 쓰지 못한 것이 많다. 생각이 아직 익지 못해서 그렇다. 쓰지 못한 것들은 개인적으로라도 계속 써보고 싶다. 순간을 기록하고 생각을 정리하는 일을 습관으로 만들고 싶다. 잠을 포기할 가치가 있었다. 이런 태도를 바탕으로 내가 관계 맺고 있는 사람들 옆에서 좋은 영향력을 미치는 존재가 되고 싶다. 세심하게 쌓아올린 생각을 바탕으로 단단하게 빚어낸 태도를 가진.

우리 가족의 일상이 유지되는 데 큰 도움을 주시는 서울과 경주의 부모님들께도 정말 감사하다. 아이를 키우는 일은 부모님들의 마음을 짐작해보는 시간이기도 했다. 무뚝뚝한 성정이라 잘 표현하지 못했지만 우리를 지탱해주신 부모님의 긴 생애에 깊은 감사를 표해야 한다는 것을 잘 알고 있다. 지금 내게 가장 부족한 것은 부모님들께 합당한 감사를 전하는 일이라 생각한다. 항상 감사합니다. 정말 감사합니다.

우리 딸 지안아, 정말 고맙다. 그리고 사랑한다. 아빠가 스스로 살아가는 모습을 진지하게 점검하게 된 것은 너에게 부끄럽고 싶지 않아서이기도 하다. 너를 사랑하는 마음은 고스란히 나를 바로 세우고 싶은 마음이 되었다. 너를 힘껏 사랑하는 만큼 힘껏 노력하고 싶다.

그 무엇보다 그 누구보다, 내 이런 지나간 노력과 앞으로 경주할 노력이 가능한 것은 전적으로 사랑하는 아내 수민 덕분이다. 아내가 아니었다면 결코 이런 시간을 마련하지 못했을 것이다. 서로 애틋한 감정을 쌓아가고 삶을 힘껏 지지해주는 관계를 맺을 수 있다는 건 내게 찾아온 굉장한 행운이다. 매일 행운을 마주하는 일상에서 나는 내가 누리는 행운에 걸맞은 사람이 되고 싶단 생각을 자주 한다. 아내의 삶이 나아가는 일에도, 재능 있는 아내가 빛을 발하는 일에도 내가 든든한 바탕이 되고 싶다. 사랑해요. 고마워요. 그리고 존경합니다.

시간은 없고, 잘하고는 싶고

첫판 1쇄 펴낸날   2020년 2월 28일
2쇄 펴낸날   2020년 4월 10일

지은이 김성광
발행인 김혜경
편집인 김수진
책임편집 조한나
편집기획 이은정 김교석 이지은 유예림 김수연 유승연 임지원
디자인 한승연 한은혜
경영지원국 안정숙
마케팅 문창운 정재연
회계 임옥희 양여진 김주연

펴낸곳 (주)도서출판 푸른숲
출판등록 2003년 12월 17일 제 406-2003-000032호
주소 경기도 파주시 회동길 57-9, 우편번호 10881
전화 031)955-1400(마케팅부), 031)955-1410(편집부)
팩스 031)955-1406(마케팅부), 031)955-1424(편집부)
홈페이지 www.prunsoop.co.kr
페이스북 www.facebook.com/prunsoop   **인스타그램** @prunsoop

ⓒ김성광, 2020
ISBN 979-11-5675-814-3 03810

이 도서의 국립중앙도서관 출판예정도서목록(CIP)은 e-CIP 홈페이지(http://seoji.nl.go.kr)와
국가자료종합목록시스템(http://www.nl.go.kr/kolisnet)에서 이용하실 수 있습니다. (CIP 2020006583)